夢二と久允

二人の渡米とその明暗

逸見久美 著

風間書房

竹久夢二《翁日美、翁久美　肖像スケッチ》昭和6年（個人蔵）
駒場の翁久允の家で、2人の娘をスケッチしたもの。

シアトル時代の翁六渓（久允）

ホノルルから龍田丸に乗る夢二（左）と久允（右）（「日米」昭和６年６月５日掲載）

昭和６年　ハワイからの龍田丸のキャビンにて（右から翁久允、伊藤道郎、早川雪洲、一人おいて竹久夢二）

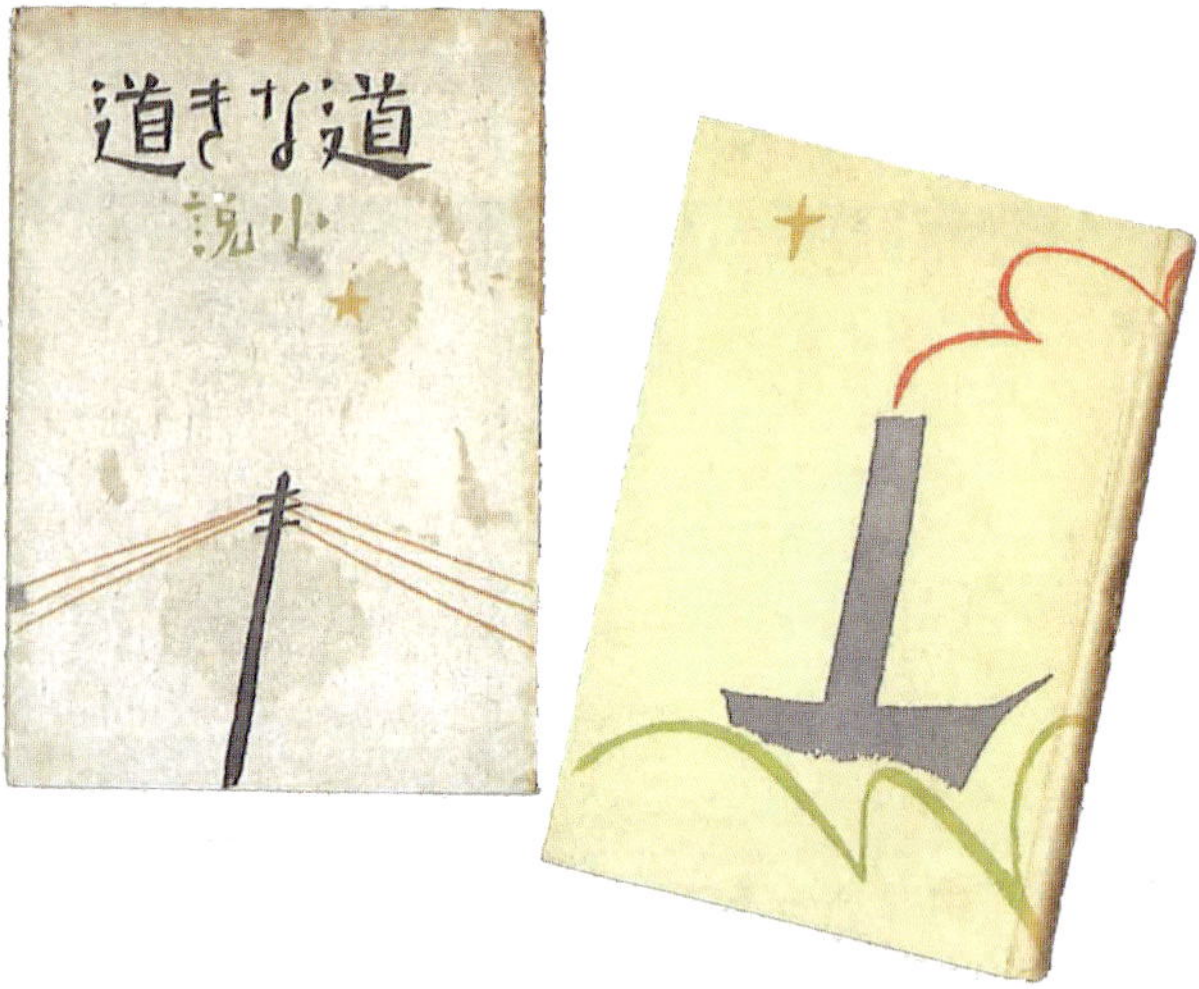

翁久允『道なき道』　昭和３年７月　甲子社書房　個人蔵
装幀：竹久夢二

『道なき道』『宇宙人《こすもぽりたん》は語る』出版記念会。昭和３年７月23日、東京内幸町大阪ビル・レインボーグリルにて（前列左から中村武羅夫、翁久允、野口米次郎、徳田秋声、大泉黒石、堺枯川ほか）

「日米」に掲載された夢二の絵（昭和６年６月16日〜７月24日）

GOLF
TO LET

夢二から久允へ宛てた書簡

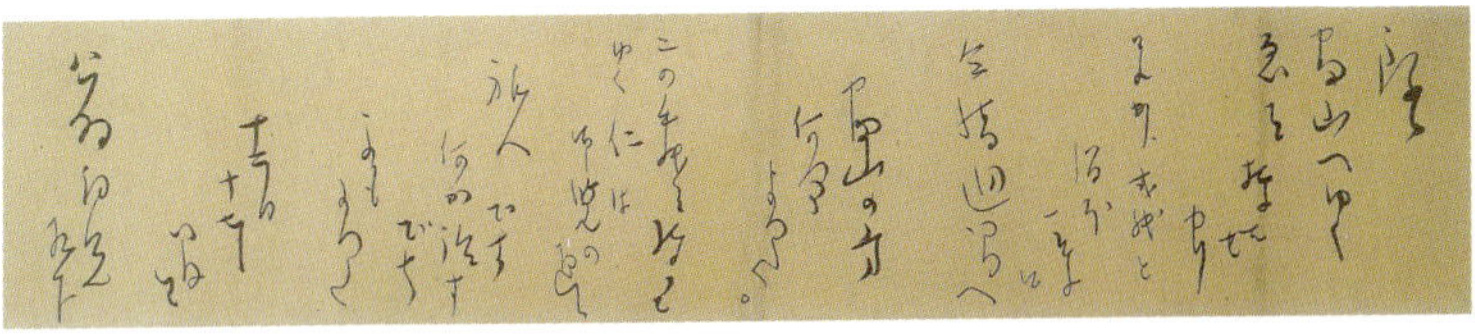

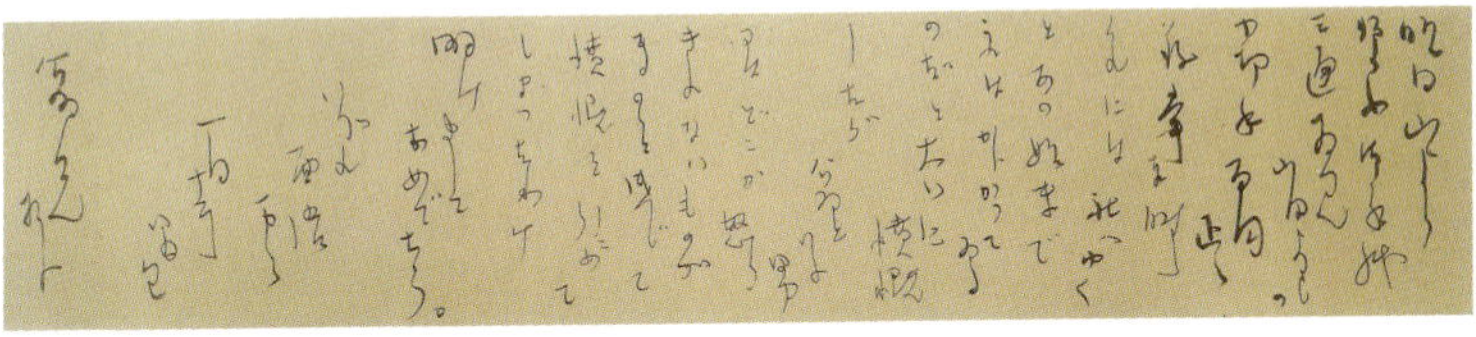

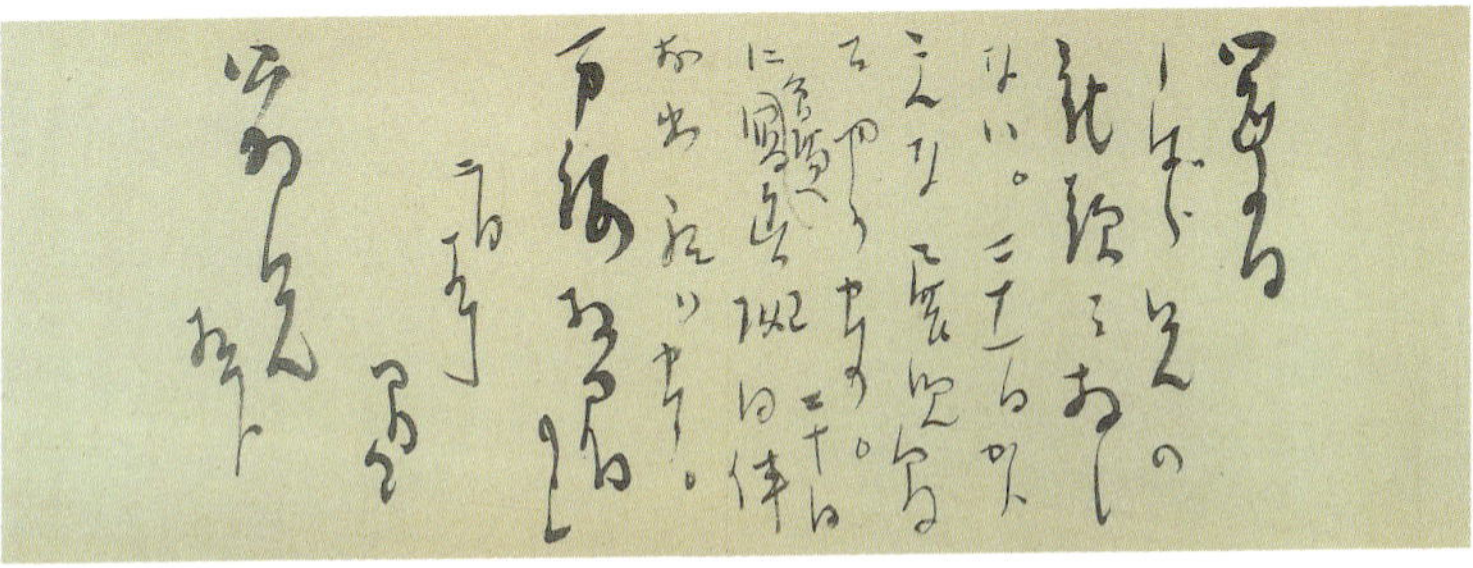

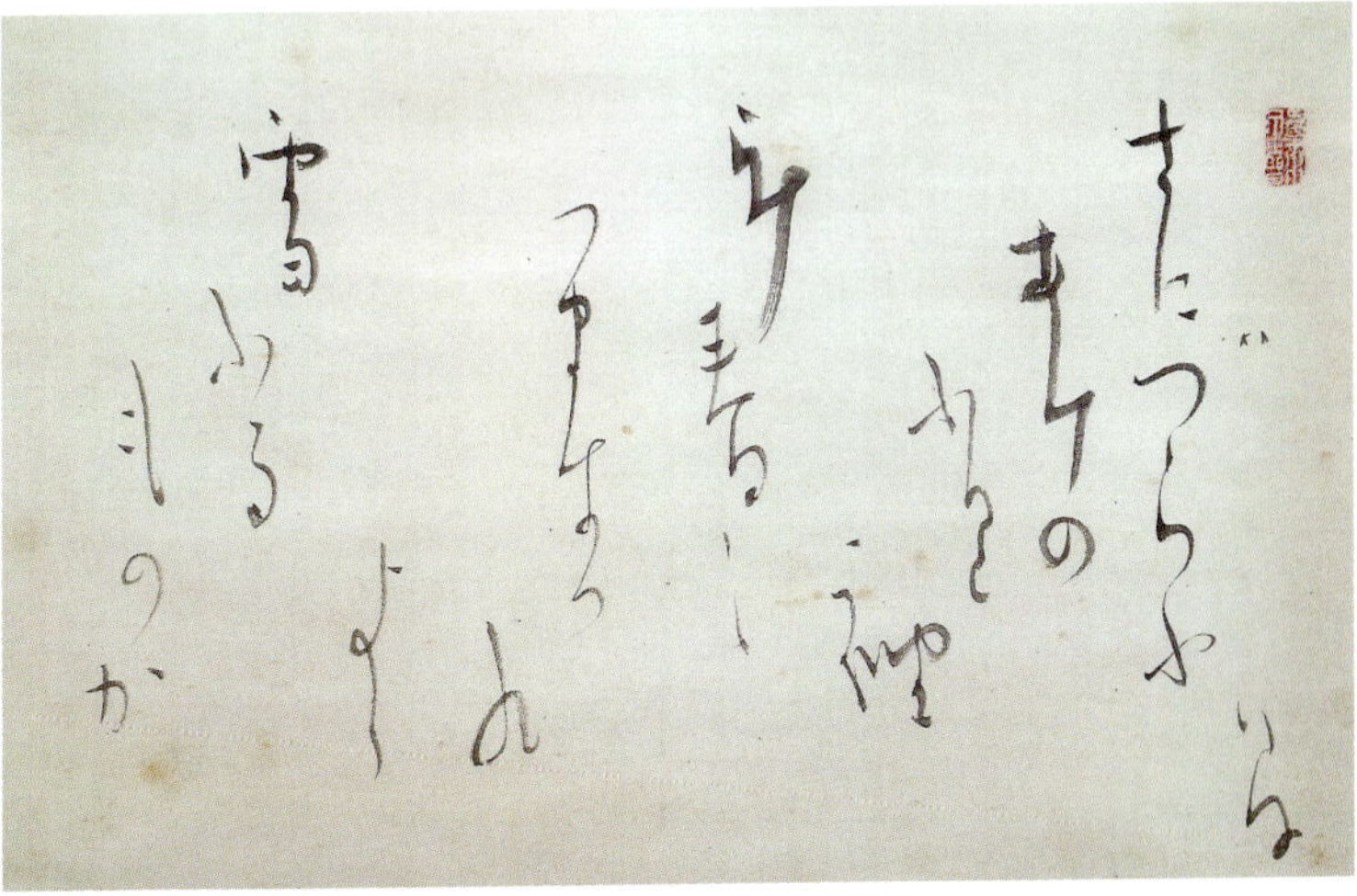

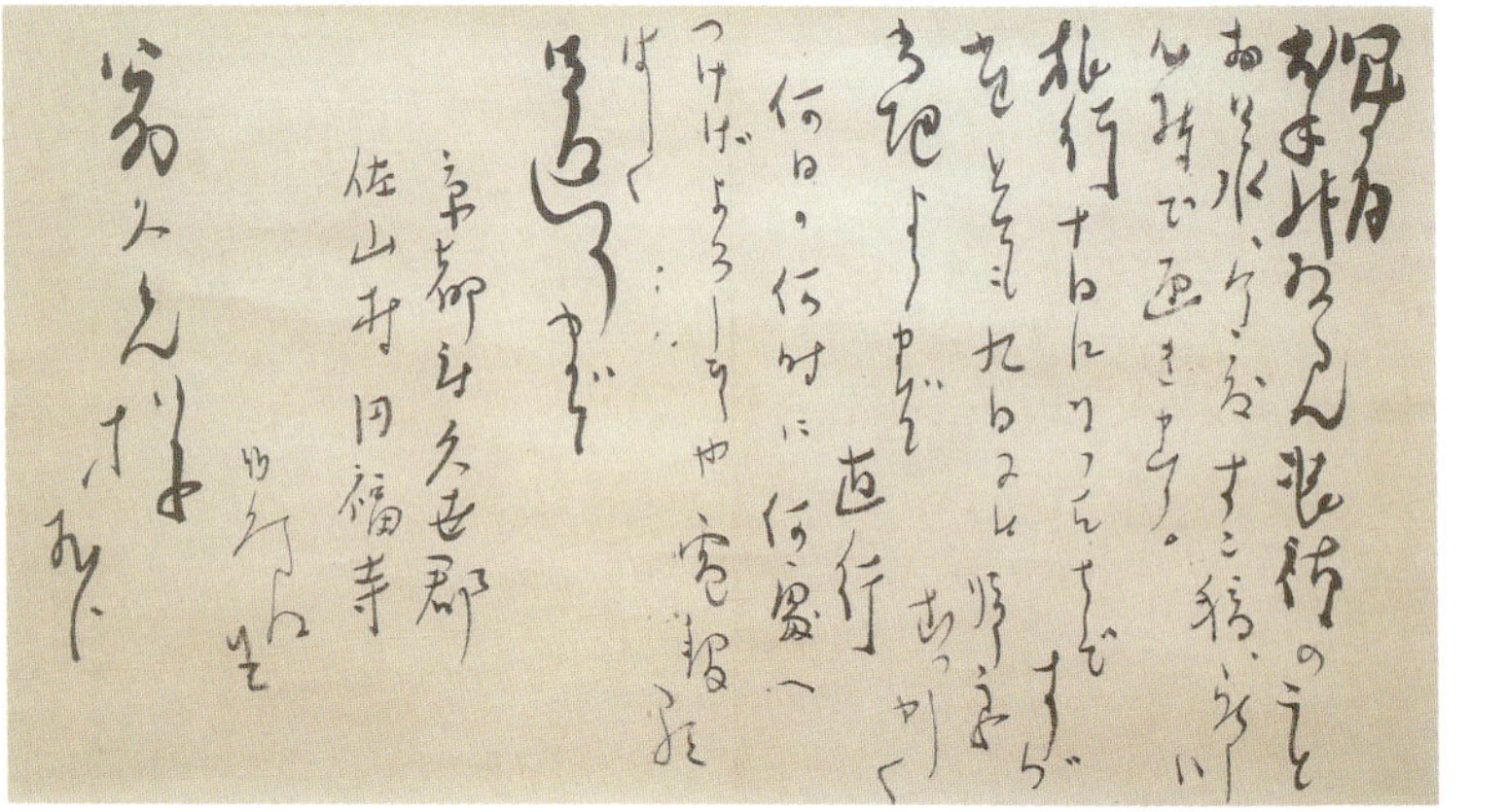
京都府久世郡
佐山村円福寺

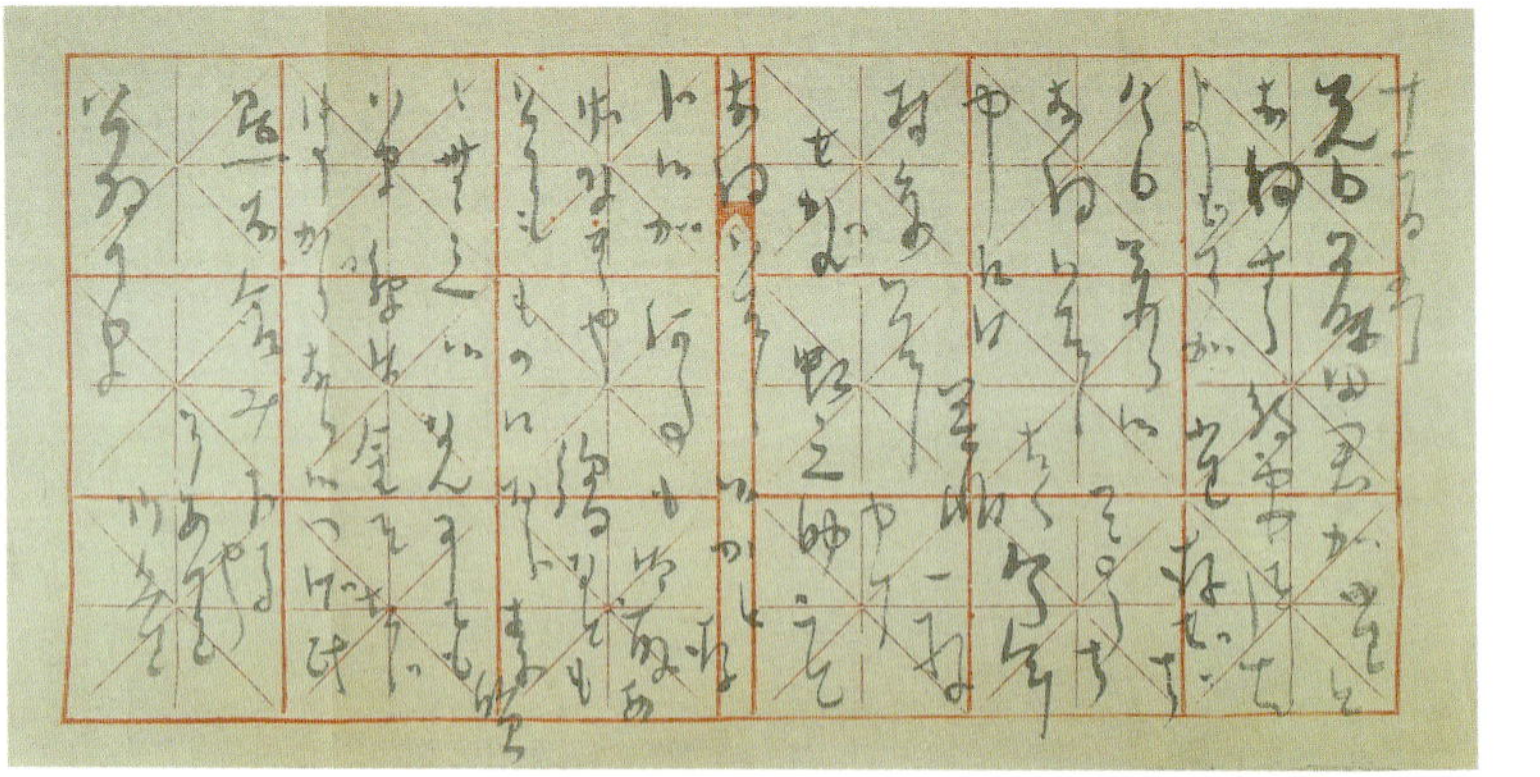

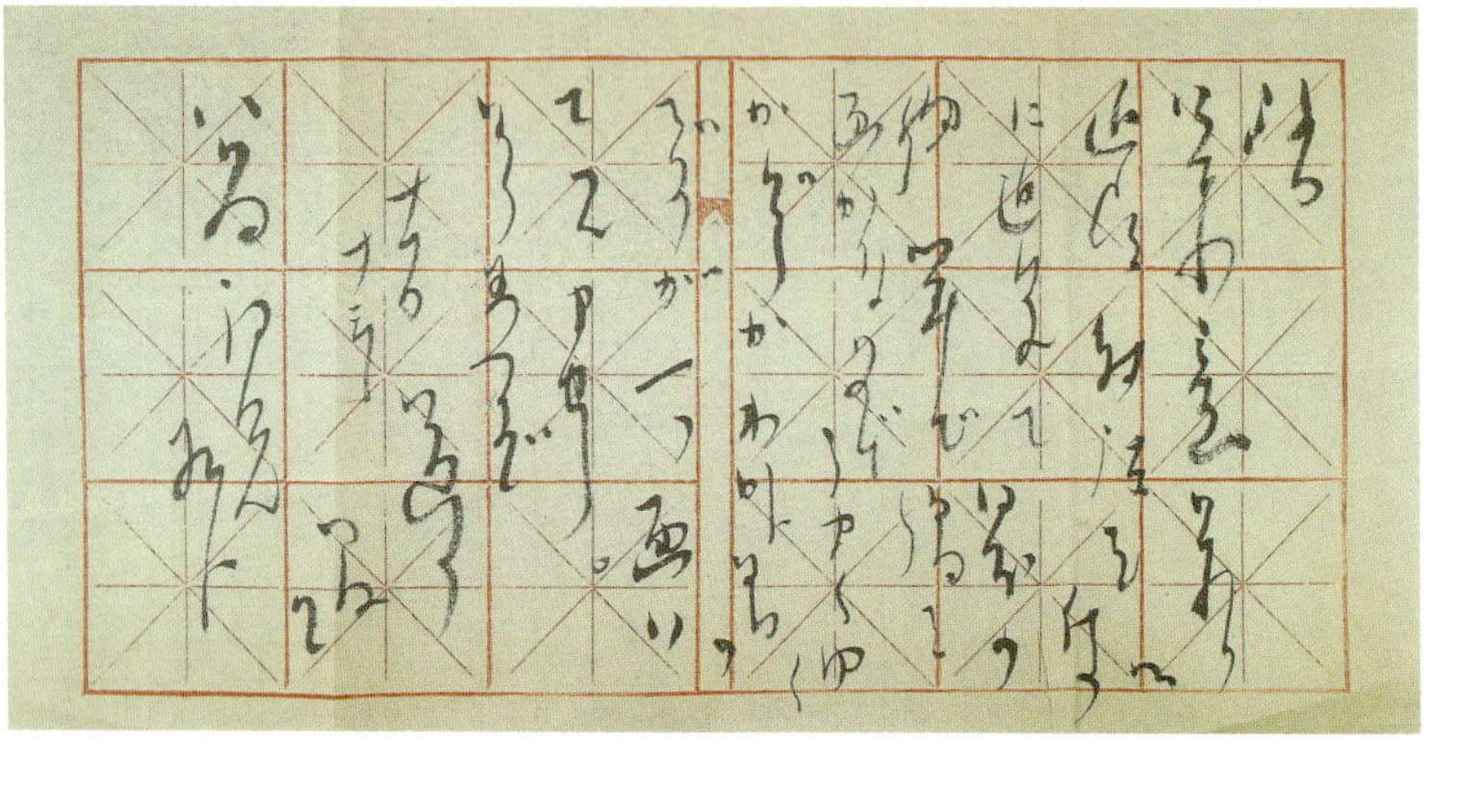

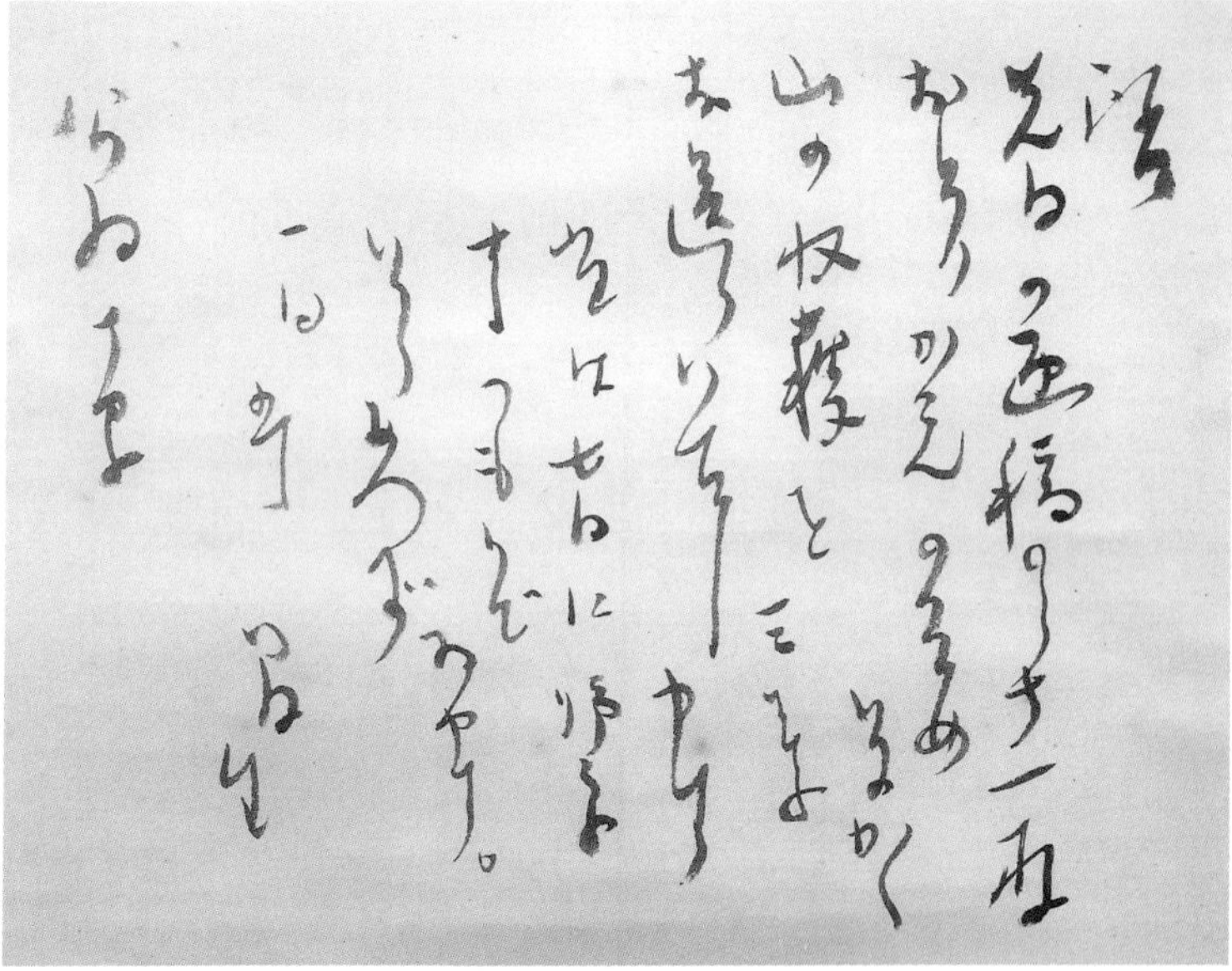

謹
先日の原稿のうち一枚
[illegible]
山の収穫と云ふは
[illegible]
[illegible]
[illegible]
[illegible]
一月廿日
[illegible]

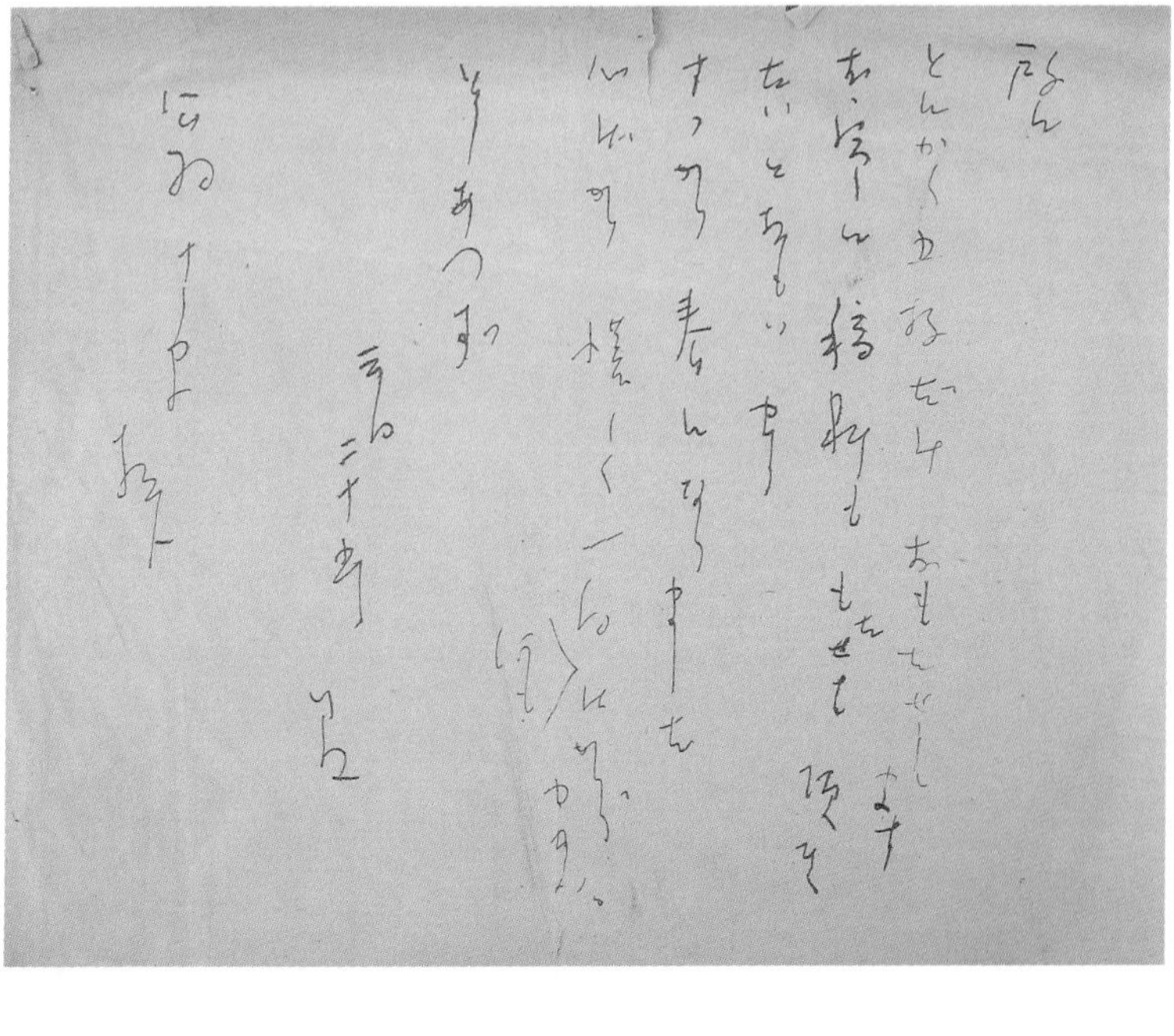

啓
[illegible]
[illegible]
[illegible]
[illegible]
[illegible]
[illegible]
二十日
[illegible]

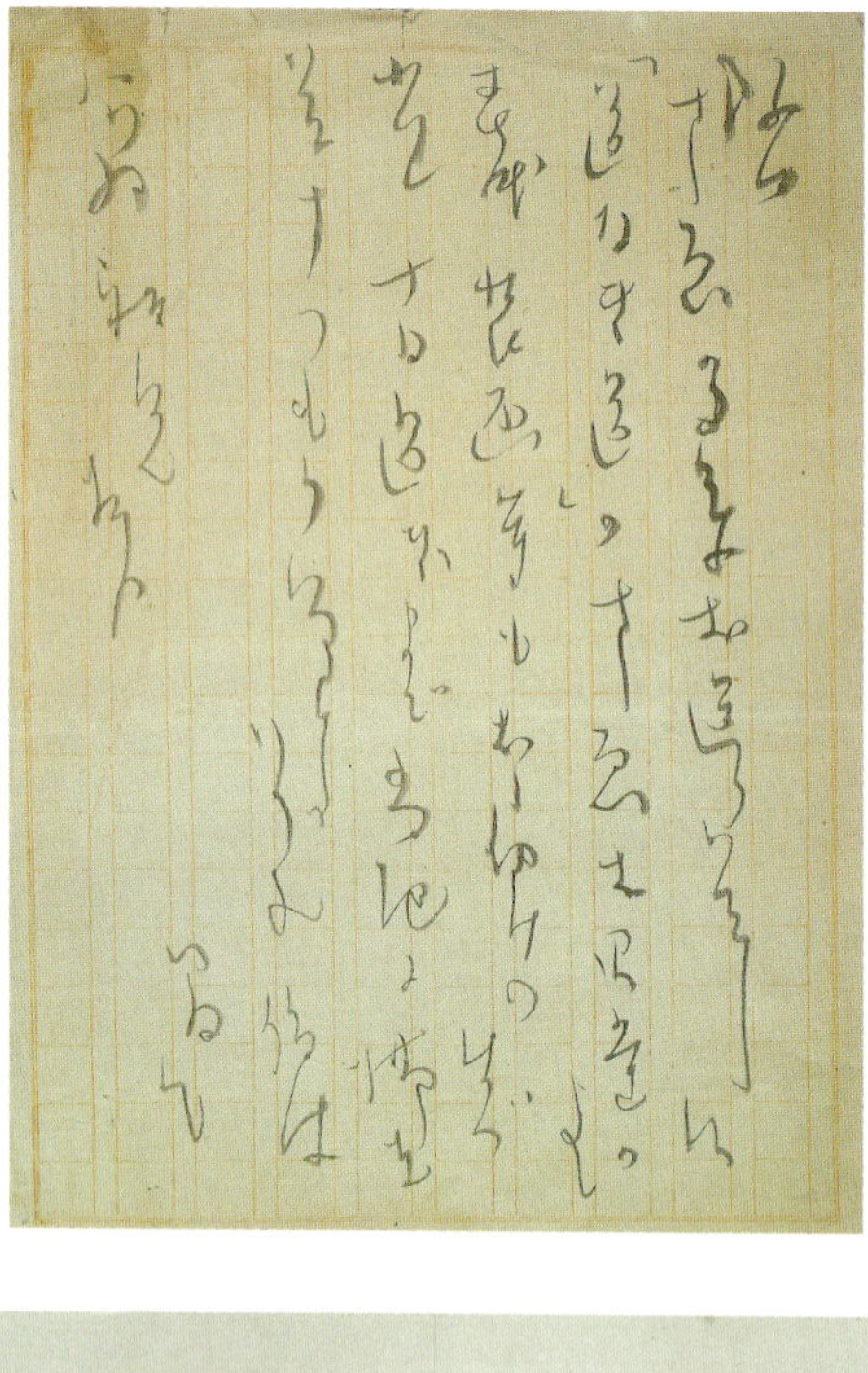

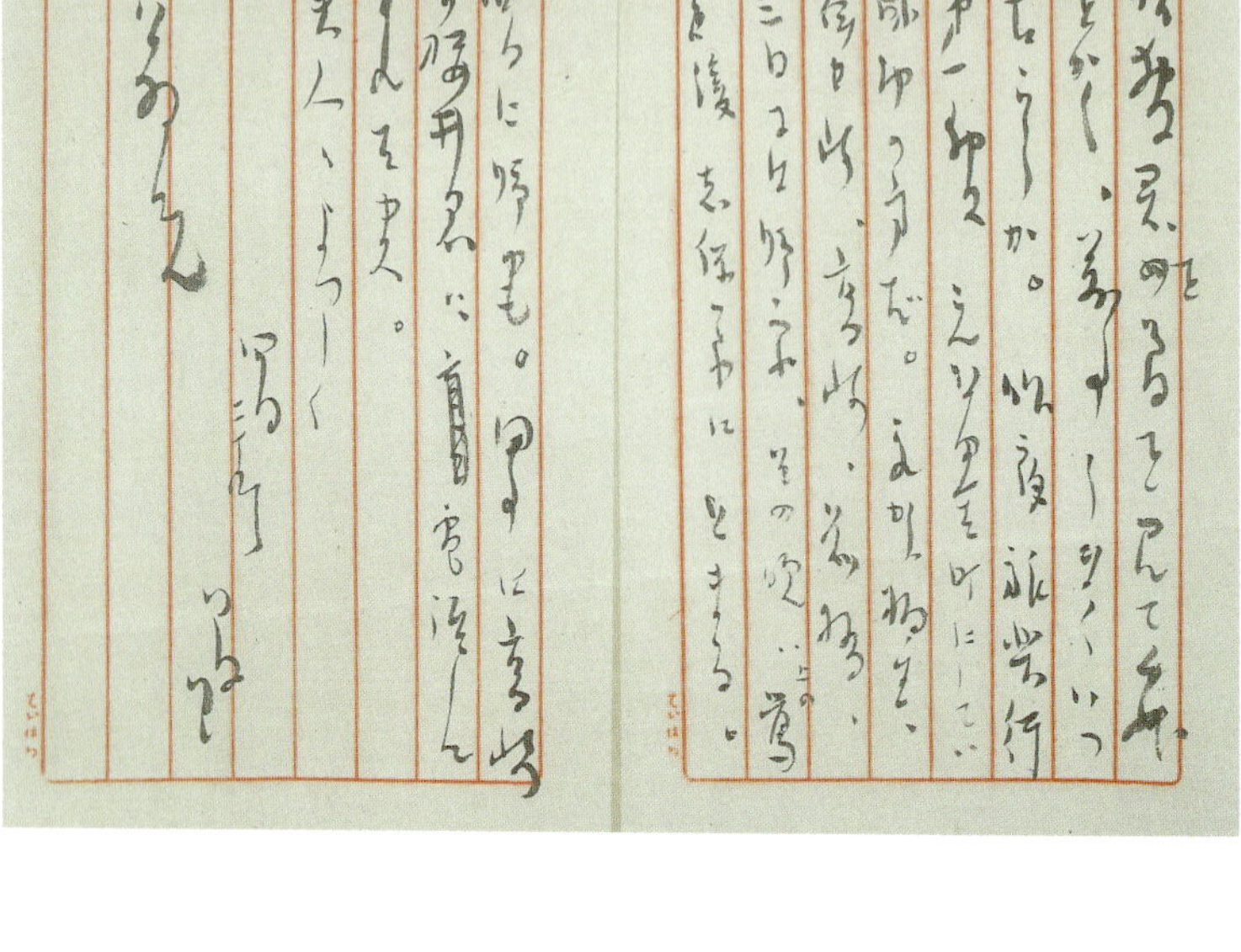

目次

一　ふとした機縁から

歌誌「波濤」第一六回の全国大会が平成二一年八月二二・二三・二四日、品川のホテルパシフィックで開催された。一二八名の同人が集まり、「波濤」に関わりのある方々のご参加もあって、二三日のパーティは例年のように楽しく盛り上がって、時の経つのも忘れていた。その中で色々の方々のお話の後、私にもその順が廻ってきて、私は現在続行中の『鉄幹晶子全集』四〇巻について、また『新版評伝与謝野寛晶子』の大正篇が近日中に出版のこと、在米一八年の父翁久允の移民地文藝の作品を整理して父の年譜と書誌作成中などお話をして席に戻ると、突然、「波濤」の編集長の真鍋正男さんが

「竹久夢二を世に出したのは翁久允なんですよ」

とおっしゃった。私は驚いて

「それは違います。」

と言ったきり、説明する間もなかった。これはどういう意味で言われたのか分らなかったが、

確かに父翁久允は夢二の才能を再び世間に認めさせたい一心から夢二同伴で渡米して懸命に協力したことは事実である。こんなことからふと夢二と父翁久允について書き残しておかねば、という責務のようなものがこのとき脳裏をよぎった。これまで久允について『翁久允全集』一〇巻（昭48・12　青林書院刊）は父生前中、父自ら五巻まで仕上げ、後半は甥の須田満共編で成した。その後私は『わが父翁久允』（昭53・6　オリジン出版センター）、『在米一八年の軌跡　移民文学と翁久允』（平14・11　勉誠出版）、『資料翁久允と移民社会［1］『移植樹』』（翁久允著　逸見久美編　平成19・11　大空社）を刊行してきた。近く久允の年譜と書誌も須田満と共編で大空社から刊行されることになっている。

このように出生から渡米前までと在米時代については右の三冊に書いてきたが、帰国後の週刊朝日時代、夢二同行の再渡米、「高志人」時代について書いていないので、この機会に、何となく脳裏に僅かに残っている夢二の面影や仕草からその頃の二人について書いて見たくなった。こんな気持ちになったのは父の作品年表を調査していた時に発見したアメリカの邦字新聞「日米」に昭和六年の六月に「八年ぶりに」（3回　6・7～10）と八月～一二月までの「沿岸太平記」（82回　8・22～12・9）、「続沿岸太平記」（36回　6・12・15～7・1・24）の父の連載ものを見てからであった。

これらとすでに読んでいた父久允の自伝小説「出帆」（『大陸の亡者』昭13・12刊）から夢二と久允について書いて見たくなって「波濤」主宰の中島やよひさんにお願いして一五回載せさせて頂いた。それから数年へたところ、帰国後の父について書いていなかったことがひどく懸念されて、この一五回を再読してもう一度書き直してみたくなった。

それから私の記憶の綱をたぐって行くうちに、五、六歳の頃、駒場の我が家に夢二がよく来ていたことが何となく想い出されてきた。それはいつも母が夢二のことを話題にしていたこともあってか、私の記憶に残っていたのであろう。母によく

「あの有名な夢二さんよ。よく見てごらんなさい」

と言われて、応接間にいる夢二を覗きにゆくと椅子に腰掛けて腕を組み、足を組み、陰鬱そうな顔して、天井を見つめながら溜息をつく、「変なおじさん」といった印象が何となく残っていた。髪の毛が少しウエーブしていて、青い顔していたので、兄はいつも

「末生《うらな》りのキャベツのような頭をした、変なおじさんだ」

と評していたことも記憶に残っている。兄も姉も私も何となく不気味で、近寄り難い小父さんのように思っていた。その人がいつもわが家で夕食を共にし、時には父と口論することもあったりするが、何となくそんな姿が心の底に残っていて思い出されてくる。

その頃（昭5）夢二の家は東松原にあったので駒場の我が家とは近かったせいか、父がいなくても昼間ふらりとやって来て母を相手におしゃべりしながら昼飯も始終食べにきていた。母は文学少女的なところがあったせいか、夢二の美人画のファンだったようで、

「夢二さん、夢二さん」

と親しげに呼び、夢二の来訪を名誉に感じてか、大切な人としておもてなしして世話していて、それに甘えてか、頻繁に出入りしていたらしい。後で知ったことだが、この頃の夢二は貧困のどん底だったようで、殆ど毎日のように昼夜分たず食事時にはいつも来ていた人として忘れられない。

その頃であったのか、いつの間にか幼かった姉と私の素描を描いてくれていた。この二人の幼な姉妹の顔の絵はローマ字で二人の名がサインされ夢二の署名入りで私の手許に残っている（本書扉）。もう一つは夢二の自画像で、その上には

風がひとり街の巷を
はしるなり　風に追れて
いそぐ心か

翁様契のため

自画像　夢二生

と描かれていて、自署している。これは軸物で、富山の姉の家にあったが、姉の留守中に全国を廻っていた集団泥棒に盗まれた。その後、警察からの知らせにより事実を知った。しかしそれ以前の平成一六年一〇月に世田谷文学館で「詩人画家　竹久夢二展」があり、その折にこれら二つを出品していたので写真は残っていた。それを記念として今は眺めているが、これを本書の表紙に掲載させて頂いた。二人の幼姉妹のスケッチは我が家の地下に秘蔵していたので無事だった。

父久允と夢二が渡米した時、秩父丸に乗って横浜から出港する二人を家族と一緒に見送りに行き、手を振って別れを惜しんだ、そんな当時の様相が今も猶はっきり私の脳裡に残っている。

二　落ちぶれた夢二の再起をはかる久允

夢二との出会いを父は前記の自伝小説「出帆」に久允を「私」、夢二を「竹下幻二」に扮して登場させている。そこには震災後、私が一八年ぶりで、永いアメリカの放浪から帰つて来ると間もなく、A新聞社に勤めるようになつて週刊誌の編輯をやつてゐた或る日、受付から通された竹下幻二の名刺が今も眼の前に浮かんで来るのだ。ちぎりとつたやうな紙片に、竹下幻二とぞんざいに自署した、考へようによつては人を馬鹿にしたような名刺であつた。

と書いている。名刺を作る金もなかったのであろうか。その頃の夢二について久允は「本の手帖」62号（昭42・1）に「恋愛放浪」や「だらしない生活状況がジャーナリズムに暴露され」「指弾されていたので一時夢二式美人などと言はれた声名はがた落ちになつていた」と書いている。

昭和のはじめの頃は、もはや夢二の絵は明治大正の頃に比べると、全く人気がなかったようである。しかし久允は在米中に故郷の兄から時折夢二の絵が送られてくると郷愁と共に、その画風に親近感を覚えるようになっていた。その後大分経ってから突然、目前に現れた、みすぼらしい夢二の姿を見た。しかしその第一印象では何となく傲慢さの残る態度に好感がもてなかったようであった。一時は評判高く、多くの人々にその絵が愛されていた夢二だったが、いま落ちぶれた風貌をまのあたりにして、久允は思わず同情と救済の念が忽然と湧き上がってきたようである。

それ以来、「週刊朝日」の編集者として多忙な久允の許に夢二は始終訪ねて来ていたらしい。いつも椅子に腰掛けたまま、思案顔して昼食を食べに来ていたようだ。いくら零落しても嘗ては天才画家とまで称揚されてきた夢二を無下には扱えず、編集部長の立場から久允は夢二の画才を認め、彼の名声をもう一度復活させて上げたいというような理念が浮き上がってきたことを前記の「本の手帖」で述べている。

そのころ「週刊朝日」の催しとして新進、既成の作家や画家、詩人の集まりには久允は必ず夢二を同行し、出席者との交流を少しでも多くさせようとしたが、偏屈者の夢二はプライドばかり高く、自分から皆に近寄ろうともせず、いつも片隅で孤独を装っていた、そんな夢二の態度を、私は父からよく聞いていたことも記憶にあった。また「本の手帖」には

時として「夢二も?」なんかと抗議されたほど彼は昭和初期には「新しい」人たちから毛嫌ひされてゐた。それ故に私は一層彼への愛情が強まり、何とかして彼が生き返るように心を使つた。

とも書いて、いろいろと夢二に関して心配りしていたのである。

その頃の夢二の色紙は一円、半切も一〇円だと買う人がいなかったとも記している。時折久允は夢二を軽蔑する友人らと夢二を擁護する立場から論戦を交わすこともあった、とも記

している。夢二全盛の頃に建てた東松原の家は、そのころ朽ち果てて雨漏りし、子供たちとも別居だと「本の手帖」に書いている。また前記の「出帆」にも「地代の停滞」、家は「抵当入り」ともあった。こうしたどん底生活の頃、頻繁に父を頼って来ていた夢二を、何とかして彼の才能を復活させたいと思う一心から献身的に尽力していた。

これまで書いてきたように夢二全盛後の、貧困に喘いで誰にも相手にされない時に、父久允はその画才を再び世に返り咲きさせようと努力し、渡米同伴までして一切を負担し世界漫遊の途についたのだが、夢二の裏切りにより二人のめざした夢は中断され、二人は訣別の運命を辿ることになる。その経緯の前後と、その周辺について、これから書いてゆく。

三　翁久允とは

夢二は有名で津々浦々まで、その名は知れ渡っているが、私の父翁久允は「移民文学」の分野では多少知られていても一般的に知られていないので大略紹介したい。

久允は明治二一年二月八日、富山県六郎谷（現在の中新川郡立山町六郎谷）の漢方医父翁源

指と母フシイの次男として出生。兄一人、弟五人、妹三人あり。五歳頃から父に漢籍、漢詩の暗誦、書道を学ぶなど厳しい家庭教育を受けていた。ところが中学二年、一七歳の明治三八年一月一七日の夜、寄宿舎監に反感を抱いていた寄宿生八人は、その舎監の寝床に糞尿を入れたブリキ缶を忍ばせて「火事だ」と大声を出した。舎監は驚いて起き上がった途端、汚物を被るという「糞尿事件」をまき起こした。このことは皆内密にしていたが一週間後に突然学校側は生徒らの部屋を家探しした。ところが当夜の一部始終を詳記していた久允の日記が発覚されて事実が露見した。これは開校以来の大騒動となり、県会議員の仲裁もあったが、日露戦争下の厳しい時局柄、成績優秀な生徒八人は学生としてあるまじき行為として放校された（「富山政報」明38・1・18―「中学生徒の反抗処分」。「富山政報」明38・1・28―「富山中学校の人糞騒動」）。

久允は止むなく六郎谷の実家に帰ったが、厳しかった父は久允を咎めず富山出身の民権運動家中川幸子経営の三省学舎に久允を寄宿させるために上京させ、久允は順天中学へ通うようになる。すでに医学修行中の兄と久允は同居していたが、派手好きで遊び人の兄は久允への仕送りも使い果たしてしまうので貧困の上、馴れない東京生活に辟易していた。そんなある日、在米中の友人から渡米の誘いがあった。渡りに船とばかりに久允は父母や兄の許可を得て勇躍渡米すべく決意した。

日露戦争で勝利したが、九月五日に日露講和条約（ポーツマス条約）に反対する民衆運動が起り、日比谷の焼打ち事件となる。それを目前にした久允は今の自分とは何ら関係のない時代の流れをどうすることもできない、そんな感慨に耽りながら渡米の準備に忙しくしていた。

明治四〇（一九〇七）年　一九歳

日本人のアメリカ移民の制限協約である日米紳士協約がこの年の一一月から翌年二月にかけて成立した。渡米前の四月一日、中学校の頃から文通して親しくしていた小泉よき子との別れを常願寺川畔で約束していたが、大雪のため会えなかった。ところが、見送りの母と共にお伊勢参りをしてから上京した宿で、よき子からの手紙を受けた。そこには「ご帰国を心から待ち、将来の約束をしてほしい」という内容の手紙をみて、久允は将来への茫漠とした夢をどうすることもできなかったであろう。

五月二四日、久允は横浜から加賀丸に乗船してカナダ・ビクトリアに寄港し、アメリカのシアトルに上陸した。富山中学の友人に迎えられ、富山県人会へ案内された。「米国では働けば必ず金が入る」という友人の話を聞いて金はみな親元へ送り返し、その翌日からさまざまな労働に服するようになる。久允は自ら求めてシアトルにある「旭」や「北米時事」の邦字新聞社を訪ねて積極的に接触した。この頃の日本は後進国であったが、発展途上にあったためか、シアトルでは排日感情が激しく、ジャップ蔑視に耐えねばならず、その惨めさを日記に書き残してことごとにその辛さを実感する生活を送っていた。日本を発つ時には一切英書のみ読むと誓っていたが、そのころ日本から来る「太陽」「中央公論」「早稲田文学」「文芸倶楽部」「文章世界」などの雑誌を読むのが唯一の楽しみであった。しかし英書一冊読む時間で、日本の本は四、五冊読めたので、次第に日本の本に心惹かれるようになっていった。

明治四一（一九〇八）年　二〇歳

シアトルに着いて初めての労働はユダヤ人の家だったが、共に働いていた友がユダヤ人嫌いのために直ぐ辞めると言い出したので仕方なく共に辞めて、再び仕事探しとなった。シアトルの排日が餘りに酷いため、逃れたい一心から世界中の移民が生活しているブレマートンへ移った。ここで白人家庭の家事労働に服しながら少学六年生となり、二カ月で八年生、一年後に卒業というスクールボーイとして働きながら執筆を続け、異国の生活を日記に多く残している。ブレマートンからシアトルまで船で一時間ほどで行けたので久允はシアトルの

「旭」や「北米時事」とは消息を交して頻繁に作品を掲載するようにしていた。
此の年の暮れにシアトル文壇史の初の純文学の会合として「鏡花会」が設立された。

明治四二（一九〇九）年　二一歳

この頃には既に「旭」と「北米時事」に多くの作品を送るようになる。一月には故郷を素材にした小説「別れた間」が新年号の懸賞小説二等入選となった。当時の「旭」や「北米時事」は現在の日米間にも見当たらないが、久允は在米中に発表した作品の数々をみなスクラップして帰国の際に持参していたので現存している。このスクラップされている「旭」掲載の明治四二、三年の作品は一八あり、「旭」か「北米時事」の日付の判然としないのは一三あり、それらに翁は六渓、六渓山人の雅号で署名している。四二年には久允の女友達だった前記（明40）の小泉よき子は五月二四日、母フシイは八月二六日にそれぞれ死去した。久允は一時は悲嘆にくれたが、奮起して勇躍壮途につくようになる。

明治四三（一九一〇）年　二二歳

一月、小説「運命」が一等入選、出典不明だが、スクラップ中にあり、その末尾に「明治四三年正月」と書き込みがあることで日付は判明した。
「北米時事」に掲載した「文学会設立について」（五回）に

今回六渓君が主唱する所の文学会は右の鏡花会の如きそんな小範囲のものでなく、汎く文学に関する事柄に就て研究するものであらう。

と評され、この他にも六渓論が多く、種々の邦字新聞に二五も掲載されていた。その何れについても「千九百十年」と久允は記入している。この頃「鏡花会」「沙香会」「コースト会」などがあり、その文士らと久允は交流するようになる。

明治四四（一九一一）年　二三歳

明治四四年になると「旭」や「北米時事」に加えて「大北日報」や雑誌「日米評論」にも発表するようになる。これら多量の現物資料は久允がスクラップしたものだが、出典や日付の不明のものが多い。他国で労働しながらこれ程に多作執筆していたのである。

この年、久允はシアトルから出てオレゴン州の森で働き、中国人経営の缶詰工場で働き、友の奨める歯科大学入学を断念してブレマートンに戻る。作家長谷川天渓が欧米漫遊の帰途、シアトルに寄り一日共に過ごす。

明治四五・大正元（一九一二）年　二四歳

「旭」の新年号の懸賞小説「三百十二番」が一等に入選す。シアトルで博覧会開催。夏、苺畑で共に働いていた東郷一家と親しくなり、娘の勝子を恋慕し、その思いを日記に多く残す。これは大正五年の「日米」に九九回連載の「紅き日の跡」で帰国後、「道なき道」と改題して連載し、長編小説『道なき道』（昭3・7）は著書として刊行された。

一一月、大学進学のため毎月百円の援助を父に求めるために、帰国観光団の「シアトル事情」を依頼され、それを果たして帰国した。父には金のことを言い出せなかったが、母歿後の家族や親族らを喜ばせた。移民を素材にした小説が「帝国文学」記者の学友山田檳榔により、同誌に掲載されるようになる。

大正二（一九一三）年　二五歳

六月に日本文壇での処女作として「唖の女」を「帝国文学」に、八月の同誌に「丘」を発表。大学進学資金を父に求めようとしたが断念す。一二月、中新川郡滑川町での講演の折に、明治三〇年代に渡米していた妹石川房子のことを話しに来て親しくなった石黒キヨ（清子）と結婚し、結婚届は翌年一月二一日である。

大正三（一九一四）年　二六歳

前年迎えた父源指の後妻と妹たちは不和だったが、妻清子が翁家に来てから後妻と妹たちと仲良くなり、久允は安心して妻を残し、単身帰米する。「帝国文学」の一月に「雨」、五月に「子鳩のやうな女」掲載、他に「北陸タイムス」にも掲載。アメリカでは「太平楽」「櫻府日報」「大北日報」に掲載するようになる。結婚したことで責任を感じた久允は「筆を葬るの記」（「旭」）を発表し、文筆を断念したあと古屋商会に勤め貿易を目指して一日一四時間労働して妻を迎えるための生活設計をたてたが、次第に、その生活に矛盾を感ずるようになる。そんな折スタクトンの記者佐伯卓造から雑誌「太平楽」の編集依頼があり、近く来米する妻のためにも「出版」という仕事は自分に最適と判断して古屋商会を円満退職した。

大正四（一九一五）年　二七歳

シアトルから南下してスタクトンへ移り、「太平楽」の編集、「桜府日報」の支社主任となり、「水郷」編集も兼ねる。また日本人会書記としてスタクトンを廻って移民の生活や感情にも触れ、それらを日記に残して、小説や評論の素材にしていった。石垣栄太郎とオーキ・ミラー山荘に遊び、菅野衣川夫妻と会う。四月「日米」依頼の初の長編小説「悪の日影」

（99回　6・3〜9・16日）執筆。妻清子来米までに書き上げようと専心する。これは長編の移民地文芸として多くの反響を得て評価された。妻清子来米し、「翁六渓君の新婚を聞、て」（佐々木指月「大北日報」大4・4・2日）が掲載された。余りの忙しさのため執筆時間がとれないため、妻清子の妹のいるフロリンに移り、創作に専念しようとした。

大正五（一九一六）年　二八歳

「日米」から再度の長編小説の依頼を受け、前記（明45）の「紅き日の跡」（93回　4・10〜7・17日）を連載するようになり、移民地文芸に頭角を現すようになる。この頃の在米同胞にホイットマン研究の長沼重隆らがいた。「日米」の他に「新世界」「北米時事」「旭」「大北日報」「櫻府日報」などにも掲載し、編集の傍ら執筆する充実した日々のなか、七月一四日、長女三千子誕生す。「始めて人の父となりて—長女三千子《みちこ》出産当時の感想」（「日米」大5・9・17日）掲載。此の頃の久允は徴兵猶予期間が切れてから帰国して、日本の文壇での活躍を夢見ていたようである。

この頃のフロリンは米国中で一番纏まった同胞農村だったが、日本の軍事力増強による日本人への恐怖心から年々排日感情が強まり、米国はドイツの軍国主義を日本の将来を見るように思ってか、同胞農村のフロリンがいち早く排日の対象となった。

大正六（一九一七）年　二九歳

文筆に専念するために妻清子の妹のいるフロリンへ移った。ところが七月一四日に最愛の三千子は一一ヶ月目に他界した。餘りに悲しく、辛い思い出が多いのでフロリンを後にしてオークランドに移る。「子を失った父の告白」（「日米」11回　11・25〜12・4日）。オークランド日本人会幹事となる。「後任幹事決定　翁久允を任命す」（「日米」8・28、6面）とあり。

大正七（一九一八）年　三〇歳

独裁的な日本人会会長と意見が対立的になったため幹事を辞職す。その後、我孫子日米新聞社長の要請により日米新聞オークランド支社主任となる。「日米」の文藝欄担当として「金色の園」「銀彩の森」欄を一任され、文藝投稿欄は活性化した。渡米して一一年目のこの年になって生活はやっと安定し、わが家も得た。この頃、米国永住を決意したようである。政府造船所就働問題起る。一一月、第一次世界大戦終結す。

大正八（一九一九）年　三一歳

六月の「日米」に「在米同胞の改造」一〇回。一〇月、在米日本人会が写真結婚禁止を宣言す。一一月の「日米」に「最近の写婚問題論じて在米邦人の決意を促す」一〇回。一二月の「日米」に「時局問題批判」四回を論ず。これらが示すように、在米日本人社会に第一次世界大戦後のさまざまな混乱が訪れていたことが思われる。

大正九（一九二〇）年　三二歳

この年になって漸く生活も安定して文化的会合などを多く催したりして、充実感を抱くようになる。この年の前後からオークランド郊外のオーキ・ミラーの山荘に、二〇年ぶりに再渡米したヨネ・野口の他に多くの日本からの来客を案内す。

一月にスタクトンのポテト王と言われた牛島謹爾宛て書簡五回、二月に「牛島氏の意見を読む―時事問題と自己弁護」五回を「日米」掲載。これらには、その頃の同胞社会の様相が克明に描かれている。「日米」に長編小説「金色の海」五〇回（5・17～7・9）連載。八月、清沢洌は「中外商業新報」初代外報部長となる。九月「在留同胞の社会運動と学生保護の必要」を「日米」に三回連載す。生活も漸やく安定し、文化的会合なども多く催す。バークレー加州邦人大学生との集りがあった。

大正一〇（一九二一）年　三三歳

三月二六日の夜、戯曲「親殺し」（「日米」1・1日）はイースターに王府学生会の発会式の余興として上演された。「日本から棄てられ米国から排斥されてる在米日本人の運命」（13回　4・26〜5・10日）を「北陸タイムス」に掲載し、在米邦人の立場を論じた。五月の戯曲「在米狭男気質」（5・21日、出典不明）は王府の初の移民地劇である。

七月四日、長男宣《のり》はオークランドで誕生（米国独立宣言日の「宣」をとって命名）。同月『在米日本人人名辞典』（日米新聞社刊）編集に着手する。七月の「北陸タイムス」に「米国より」（4回　3〜6日）、「米国より」（10回　8〜23日）を掲載して在米同胞の様相を伝える。桑港の岡繁樹から堺利彦の紹介で来米した大正ベストセラー『地上』の著者島田清次郎と対面、「自分によつて新しい日本が開けゆく」と豪語する島田を「みるからに横柄で」「馴染み難く不愉快だ」と久允は評している。

一一月四日、ワシントン会議（この年の11月11日から翌年2月までの三ヶ月続いた）へ向かう途上、紐育新報社で原首相暗殺の訃報を聞いた。この時「凶悪に似た新しい時代がこれまでの不生と不義とを焼き尽くす勢いで日本に迫りつつある」と久允は書いている。また会議に向う途中にバンクーバーにいる田村俊子、鈴木悦を訪問して、二人に「移民文芸の持つ意味と使命について語つたが、その内容が二人には理解できなかつた」と久允は書いている。俳優上山草人《かみやまそうじん》夫妻が久允を頼って来米したので、華府会議中の「日米」の留守を久允の代理として依頼す。華府会議で朝日新聞特派員総帥下村海南（宏）の知遇を得る。「本社華府特派員翁久允発」として三五回の会議の一部始終を「日米」の本社へ送った。これにより特に日本の特使らの様相が鮮明に分かる。

大正一一（一九二二）年　三四歳

同胞社会では尺八、浮世絵、日本刀などが盛んになる。横浜正金銀行桑港支店長に赴任した小島烏水を知り、浮世絵展を開く。「日米」の「無駄話」欄担当となる。一月の「日米」に「民族的鎖国主義を超へよ」（5回　25～29日）掲載。二月一二日、日本館で王府学生倶楽部主催の講演会を開催し、講演す（「日米」大11・2・14日）。三～四月の「日米」に「華府会議を中心として」（22回　3・24～4・14日）、八月の「日米」に「人間とは何ぞや」（13回　17～29日）掲載、それに反論した明石順三の「世の無神論者翁六渓君氏に答ふ」（15回　8・

30〜9・13日）も「日米」掲載。「日米」に「黙想と断想」（14回　8・30〜9・16日）と戯曲「日本人の子」を載せ、「日本人の子」を新聞王府倶楽部の基金作成のために上演す。他にも作品多し。一一月二八日、日米新聞社編『在米日本人人名辞典』刊行。

大正一二（一九二三）年　三五歳

一月の「日米」に「在日会と米国市民」（3回　14〜16日）掲載。三、四月の「日米」に「水平運動に就いて」（3回　3・31〜4・2日）。四月の「日米」に「愛国と愛人」（4回　6〜9日）。七月一日、短編小説集『移植樹』を処女出版す。九月に再版。八月一日（土）午後七時よりブキヤナン街の矢車にて祝賀会あり。八月「ハーデング大統領の印象」（2回　5〜7日）、「加藤首相の思ひ出―華府会議時代を回想して」（2回　26〜27日）を「日米」に。

九月一日の関東大震災のため、救済本部を作り、二週間不眠不休で日本に救援物資を送る。一〇月の「富山日報」に「祖国の惨害を聴き遥かに郷里同胞に」（5回　1〜6日）。同紙同月に「米国から」（5回　17〜21日）。一二月一一日の「日米」に「女性中心説」。一二月の「日米」に「在米同胞会の生物学的考察」（11回　14〜24日）掲載。

大正一三（一九二四）年　三六歳

一月の「富山日報」に「米国からの感想」（12回　1～14日）掲載。他にレーニンの死を論じたものなどあり。父病気のため帰国を決意す。三月三日夜、鏡太郎店でデタル吟社に於て六渓送別句会開催。三月二四日、桑港よりサイベリヤ丸に乗り家族と共に帰国す。

四月の「日米」掲載の「祖国に帰る記」（5回　10～14日）。七月一日、一九二四年移民法が連邦議会により制定され施行され、一九〇七年から一九〇八年の紳士協定は破棄され、アジア出身者については全面的に移民を禁止する条項が設けられた。当時アジアからの移民の大半を占めていた日本人が排除されることになった。

久允一家の帰国を父源指は非常喜び、半年近く六郎谷で父親に孝養を尽くした。それに兄玄旨の家督相続承認を父から得るための相談もあった。半年後に久允一家は上京し駒場に居を構えた。華府会議で知友となった下村海南の紹介で東京朝日新聞社の「アサヒグラフ」を担当する。近くの「演劇部」に土岐善麿がいた。一〇月、田山花袋、鈴木三重吉を訪う。

一一月七日、次女日美《ひみ》が荏原郡目黒町駒場九百六番地に誕生す。永田龍雄の薦めで神楽坂開催の十日会に出席し、帰国後、日本の文壇人と初めて会う機会を得た。その席で俳人長谷川零餘子を知り、その後枯野会に参加し、内藤鳴雪や室積徂春と知り合う。

大正一四（一九二五）年　三七歳

二月の「日米」に「新しい日本」（4回　11〜28日）掲載。三月初旬、大阪朝日新聞に転勤となり、引き続き「アサヒグラフ」を担当するが、編集は東京朝日社で主に行われていた。兵庫県武庫郡精道村芦屋字笠ケ塚一八五四番に家族と共に転居す。快復した父は五月に来阪し法隆寺など久允は案内す。七月に長野から柏原に向かい、小林一茶の里を訪ね七月六日富山到着（「一茶の故郷の半日」―「枯野」10・1）。「日本からの雑感」（7回　11・30〜12・6日）を「日米」に掲載。

大正一五・昭和元（一九二六）年　三八歳

三月「日米」に「日本から」（7回　17〜23日）掲載。五月二五日鎌田敬四郎により「週刊朝日」の編集（東京朝日大朝出版編集部長）に任ぜられ、家族を芦屋に残し、東京の駒場の家に戻る。六月「日米」に「滅びゆく芸術と都会」（2回　21〜22日）掲載、他に「アサヒグラフ」「週刊朝日」「主観」「月刊向上之青年」に掲載。七月一二日、三女久美《くみ》、兵庫県武庫郡精道村芦屋字笠ケ塚一八五四番に誕生。一〇月の「日米」に「ホイットマン詩集をおくるまで」（2回　8〜9日）掲載。菊池寛、鈴木氏亭、泉鏡花、三上於菟吉、北原白秋、竹久夢二、徳田秋声、山田順子らと知り合う。

昭和二（一九二七）年　三九歳

三月「日米」に「日本文壇の印象」（6回　13〜18日）。八月「日米」掲載の「日本文壇の近状」（4回　18〜21日）には芥川龍之介の自殺について論じている。福田正夫中心のグループの白鳥省吾、佐藤惣之助、福士孝次郎らを知る。在米中の「日米」連載の「紅き日の跡」（93回）を「道なき道」と改題して福田正夫主宰の「主観」に連載。「週刊朝日」の編集部長として文壇人との交流は広まってゆく。

昭和三（一九二八）年　四〇歳

一月の「演劇芸術」に「誰の子?」、「解放」に「子猫と少女」。三月の「創作月刊」に「次の時代への言」、同月の「日米」に「日本文壇の印象」（6回　13〜18日）。六月六日、日比谷公園の風流茶屋「花の茶屋」主人井上太四郎が箱根湯本に落成した京都風の別館で宴席を催し、巌谷小波、柳田国男、白柳秀湖、翁久允など出席、同月一〇日、竹久夢二、麻生豊、福田正夫らと共に富山県の黒部峡谷へ旅し宇奈月温泉の延対寺に宿泊す。六月『宇宙人《こすもぽりたん》は語る』。七月二一日に『道なき道』甲子社書房より刊行、七月二三日の両著出版パーティーには二百数十名参会（徳田秋声、野口米次郎、小島烏水、小川未明、横光利一、西條八十、堺利彦など）。此のころ直木三十五、美土路昌一、十一谷義三郎、石田幸太郎、村松梢風らの碁友らが駒場の自宅に頻繁に出入りする一方、三宅やす子、吉屋信子、岡本かの子、小寺菊子、今井邦子、宇野千代らの女性作家との交流も多かった。八月、徳田秋声宅での二日会（第26回）に参加。八月一八日、糸魚川の相馬御風宅を訪問す。徳田秋声宅の二日会は一〇月（第28回）、一二月（第30回）に参加す（二日会記録）。「日米」他に「アサヒグラフ」「解放」「主観」などに掲載。

昭和四（一九二九）年　四一歳

二月七日の加賀の山中温泉、山代温泉、片山津温泉めぐり、同行者は白鳥省吾、水木伸一、竹久夢二、岡田三郎、吉井勇、長谷川浩三、直木三十五、森川憲之助。三月二三日群馬県の伊香保温泉。四月、山水楼での二日会（第34回）参加（二日会記録）。五月、大泉黒石らと長野の戸倉温泉へ、竹久夢二、三上於菟吉、吉井勇、麻生豊、水木伸一、大泉黒石ら同行。六月一六日の上毛新聞主催の赤城山デーに参加者は岸田劉生、竹久夢二、岡田三郎、西條八十、直木三十五、生方敏郎、麻生豊、新居格ら参加。六月二三日の赤城山クラブハウス計画の上毛新聞主催の講演者は竹久夢二、直木三十五、翁久允、福田蘭堂ほか、当時の各界の著名人を集めた豪華な顔ぶれだった。七月二日の徳田宅での二日会（第37回）参加。八月一一日の富山の八尾の小原節保存会設立総会に、来賓として竹久夢二、水木伸一、藤田健次らと参加。一〇月一五日午後五時より、新潮社会議室で「十三人倶楽部」第一回会合あり。中村武羅夫、加藤武雄、佐々木俊郎、嘉村礒多、川端康成、尾崎士郎、岡田三郎、飯島正、久豊彦、浅原六朗、龍胆寺雄、楢橋勤、翁久允の一三名のメンバーである。

七月の「中央公論」に「斧」。九月の「新潮」に「ノッポの浜」、「文学時代」に「マスク夫人」。一〇月の「相聞」に「思ひ出と印象」掲載。他に「現代」「アサヒグラフ」「創作月刊」などに掲載。一二月二九日夜九時三〇分、父翁源指逝去、享年六八歳。

昭和五（一九三〇）年　四二歳

一月三日、父の葬儀を終え、四日の骨上げ、五日から七日にかけて兄、弟と三人で将来のことを語り合う。九日から一一日にかけて富山に出てお礼回りを済ませて帰京す。

一月一四日の徳田宅の二日会（第40回）に参加。同月一五日午後六時、新潮社にて「十三人倶楽部」を開催、一月号・新年号の合評、創作と評論の原稿は二月一杯、五〇枚と決定す。二月一五日午後六時に近代生活社で「十三人倶楽部」開催、同月二六日に一九二八年九月に書いた小説に加筆して「彼らの一群」と題して「十三人倶楽部」の原稿として新潮社へ送る。三月一三日の大宅壮一の『文学的戦術論』の出版記念会に堤寒三と参加す。盛会だった。四月九日の二日会（第42回）に参加。同月一五日の「十三人倶楽部」に参加す。五月一四日午後、文芸春秋社で直木三十五と佐々木茂索と久しぶりに会った後、夕方まで碁を打つ。同月一五日の夕刻、「十三人倶楽部」の会が新潮社で開催。同月一七日午後直木三十五と碁を打ち、夕方共にレインボーグリルへ行くと横光利一、川端康成らがいた。六月一三日『十三人倶楽部タイムス』第一輯という小冊子に「投げつける実弾」掲載。同月一四日「十三人倶楽部新作小説集第一集」は新潮社より刊行、久允の小説「彼らの一群」掲載。この作品集は年に一、二回、創作集として出版を計画した「新芸術運動」としての旗上げであったが、第一輯のみで終わった。

五月の「人と芸術」に「国を超へる愛」。一〇月の「文学時代」に「枕もとの蛇」掲載。他に「新潮」「相聞」「創作月刊」「食堂楽」「民謡音楽」「富山日報」などに掲載。駒場の家の庭の一部に帝都電鉄（現在の井の頭線）が開通するために、荏原区中延に転居。

一月一四日、徳田秋声宅での二日会（第40回）に参加。「中央公論」「現代」「文学時代」「近代生活」「アサヒグラフ」「食堂楽」「民謡音楽」「富山日報」などに掲載。一二月、父の一周忌の法会を六郎谷でなす。

昭和六（一九三一）年　四三歳

二月一五日、短編小説集『アメリカルンペン』を啓明社より刊行。夢二と再渡米する資金のために朝日新聞社を退職す。四月一六日、五反田の松泉閣で「五氏送別会」あり、その中に清沢洌と翁久允の送別会も含まれていた、同月の二五日、夢二との渡米送別会は内幸町の大阪ビルのレインボーグリルで開催、発起人有島生馬ら四四名、文壇、画壇、芸能人ら二百名を超える盛会。

五月七日、夢二と久允は秩父丸に乗りハワイ経由でアメリカに向かう。この時、夢二は、四六歳、久允は四三歳だった。「日米」に「竹久夢二の渡米」（3回　14～16日）あり。

四　夢二との初対面の印象

「週刊朝日」の編集で忙しい、そんなある日、突然訪ねてきた夢二の表情について、前記「出帆」はさらに続けて

少し疑ぐり深いような目つきで見ながら、口元から絞り出すような微笑で受けてくれた。と鋭く観察している。久允には夢二のことがいくらかわかるが、夢二には自分のことが分からない。恐らく誰からか久允のことを聞いてやってきたのであろうと思うが、何の目的で来たかを聞くのも失礼と思い、それは「多年なつかしんで来た絵と詩と文の上での、いわば尊敬者に、何か浅ましく思はれる『目的』のことで談話することは、この際辛かった」と久允はわが心を分析してみた。そして再び彼の姿を見ながら、その陰鬱さを吹き飛ばすかのように、強いて明るい微笑を浮かべながら、久允は考えてみた。

変な顔をしたら失礼になるし、といつて日本的な巧みなソラゾラしさは私にはできなかつた。彼としても、自分といふものを、私にわからせようとあせつてゐるようにみえ

た。そしてモジモジしながら「僕は」と褐色の唇を綻ばし初めるので、私は「わかっていますよ、わかっていますよ」と手を翳しながら「あんたのことは」と前書きして、紙に書いたような懐かしい過去を述べだした。すると彼の表情に垂れていた憂鬱の幕が次第にあがつて、まるで火鉢の上にのせた葛餅が膨らんで来るように、彼が秘めていた自己陶酔といったようなものがふくれア上がつて来た。彼の感激に満ちたほほ笑みは、最初に見た時の淋しい影をすっかり塗りつぶしてしまつた。

と夢二の表情の推移を見詰めながら久允はほっとした気分になって、何となく親しみが湧いて来たのであろうか、

「じやどうです、今日はお忙しいですか」

と幻二に問うて見た。幻二も緊張から醒めたように、

「いいえ、何も」

と、「暇を持て余しているかのように寄り添つてきて嬉しそうに微かな笑みを湛えながら、大きく頷いた。やつと心を開いてくれた幻二を抱へるようにして」久允は外へ連れ出した。

「じゃあ、どうです。もう少しお互いに思ひ出を語らうじやありませんか」

と語りかけると、幻二は人が変ったように明るくなって、

「有難う、是非お願します」
と言って、二人は歩調を合わせるようにすたすたと歩き出した。もう夕方近かったので幻二はその頃
渋谷のちよっとした小料理屋へ、私はちよいちよい友だちをつれて飲みに行つていたので、そこへ円タクシーを走らせた。
と書いているのが夢二との初対面の様相であった。その後も夢二は夕方、新聞社へやって来て当然のように飲食を共にしたがった。これまでは自伝小説なので「幻二」の夢二も「私」の久允も現実のこととして書いてきたが、その夢二への回想が事実として久允の心に湧いてきたことを、多くの資料から探ってゆきたい。

五　夢二画への憧れ

夢二と言えば誰でも知っている、挿絵画家であったが、夢二式の美人画は明治大正にかけて流行した。その頃、滞米中だった久允の許へ夢二の絵に熱中していた久允の兄が夢二の絵

葉書をよく送ってくれたが、そのはじめ頃は余り興味もなく放置していた。ところが早稲田大学の商学部を卒業した兄が博文館に就職した記念に夢二の『三味線草』を送ってくれた。それに魅力を感じた久允は、その頃はスクルボーイ時代で労働と執筆に追われている一方で、

文学青年気取りだったし、異郷の哀愁を味わっていた頃だから『三味線草』の情趣に惹かれた。その後、日本人の書店に夢二のものを見つけたら手当り次第に買ったし、彼の哀愁美といったような絵と文にすっかり魅せられていた。

と夢二の絵と詩と文に心を寄せるようになった経緯を、さらに在米中、夢二の絵を盛んに吹聴していた。そして帰国したら夢二とどこかで逢える機会を作りたいものだと思っていた。ところが帰国してみると夢二は日本のジャーナリズムからすっかり影を消していたし、悪評が盛んだつた、とも書いている。そんな夢二に一時は愛想も尽きていながら、久允はあれ程までに憧れていた夢二の、乞食同然の姿を目前にして、悲しむこと以上に同情と憐れみの情が、かつての憧れへの回想を想起させているように思われる。

六　榛名山の夢二の小屋からアメリカ行き

「週刊朝日」の編集の仕事にも大分馴れてきた久允は多くの文人、画家との交流も頻繁になってきた。こんなにも落ちぶれた夢二を久允はどんな会合にも必ず同伴して皆に馴染ませようと努力していた。しかし、卑下慢的なプライドをもつ夢二はいつも無愛想で、過去の栄光と天才意識が拭い切れず、いつも孤独の陰鬱さを漂わせていた。それが当時の夢二のスタイルでもあったものか。

その頃の「週刊朝日」では文人、画人を誘い、その場で即興の詩や歌、文を作る小旅行をやっていた。そんな時も久允はいつも夢二を同行した。このことについて昭和四、五年の久允の「週刊朝日」時代で述べて来たが、繰り返す。これは堕ち込んでいる夢二に活力を与え、再起を期待する久允の、夢二への心優しい配慮だった。現在、そうした小旅行の資料として残っているのは雑誌「現代」であった。それは昭和四年の六月号では「漫画漫文温泉遊行」と題して冒頭には三上於菟吉の「上野から伊香保まで」があり、そこには「三月二十三日の正午」のこととあって一行は夢二、久允を入れて九人、久允は皆の作った都々逸の註釈の役回りだった。一〇月号は「赤城山に遊ぶの記」と題して冒頭にある生方敏郎の「自然の公園に登る」には「六月二二日登山する」とあり、一行は夢二、久允を含めて他に直木三十五、西篠八十など九人。その九人の名と漫画風の顔を夢二が描いている。一一月号は「紅葉を尋ねて」と題して冒頭には夢二の「日光へ」があるが日付がない。この他にも山中温泉、戸倉温泉、箱根の花の茶屋などの清遊もあった。これらの中で「伊香保」行きの折、伊香保の町を代表する人達から榛名山麓の文化住宅化について

千坪でも二千坪でも宣伝のために進呈しますから別荘を建ててくれませんか。

という要望があったが、一行の中には誰一人として申し出る者はいなかった。ところが地元の貴族院議員の桜井伊兵衛が夢二ファンで、その後、夢二は密かに彼と通じ、交渉していて話はまとまったらしく、桜井からも久允に知らせてきた。夢二は久允に秘密にしていたが、久允は夢二に新しい生活の曙光が見え始めたと思って喜んでいた。それを知らずに夢二は久允に打ち明けるためにやって来て、既に久允が知っていたことで驚いた。夢二の話では今後、榛名の山小屋に引き籠って民芸人形などを作って静かに暮らしたいというのである。それを聞いて久允は無性に夢二が愛おしくなった、その思いを

夢二の絵は夢二の絵として後世にも親しまれるに違いないのだ。彼に天才があるのだ。天才だから、変な俗人から排されるのである。私は彼を葬ろうとする目に見えない彼への運動の裏をかいて、彼を支持して来たのだが、何とかして彼の都落ち的な境遇を引き戻してやれないものかと複雑な気もちを湧かした。

と思い、哀れで悲愴な夢二の顔をしみじみ眺めながら久允は

「どうだね夢二君、その榛名山も結構だが、それは晩年のこととして、もう一度画壇に花々しくデビューする気がないかね」

と言うと、夢二は「ちょっと調子が外れたような表情で」久允を見上げて、僅かに眼光を輝かして

「そりゃ僕だって今から山へひっこみたくはないけれどもね。画壇という壇というものが僕の性に合わないので……」

と言って夢二は眼を閉じたまま重々しい表情となった。

「画壇といふと変な言い方だが、僕も、画壇とか文壇とかいった言葉は嫌なのだ、文学でも歌でも、仲間だけのものが日本で幅を利かしているだけだが、イヤだな。画壇対象でなく、絵そのものだ。君にはあれだけの腕があるのだから、今までは今までとして、

新しい夢二を作り直すために、フランスへゆく気がないかね」
と久允は宥めつつ、一方で精一杯の迫力を浴びせかけるようにして夢二につめ寄ると、夢二は仰天して
「フランスへ」
と、意外な言葉に生き返ったように眼を輝かせながら
「フランスか、フランスへは一度は行ってみたいと、若い頃から憧れてたんだ。藤島武二などからもすすめられたし、有島生馬なんかは、君が行くならオレは旅費はしてやらうと、まで言ってくれたこともあったもんだが…」
と言って「夢二は感慨深く溜息をつきながら腕を組んだ。その姿はこの世の敗残者が蘇ったような生気に満ちていた」と久允は書いて、そんな夢二の表情を久允は静かに眺めながら優しく問いかけた。
「ゆく気があるかね」
と「私はちょっと調子に乗って景気のいい顔をした」。すると夢二は萎れたような顔をあらわにして
「しかし金がね」

と吐き出すように言う。その声を哀れに受け止めた久允は

「金？　「金」のことなら、何とか考えようじゃないか」

と大風呂敷を広げてみたが、自信はなかった。久允は言う。

今、私は三十五年前の、この夜の光景を昨日か一昨日のように回想しているのであるが、この時の私は何とか気分を転換しなければならないところにおし込まれていたのだ。その目の前におしつまった一人の芸術家が都落ちという首途だった。

と書いて、この時ふと久允は「お前と一緒に一度お釈迦様の国印度に行ってみたいな」と言っていた父の言葉が脳裡に浮かんだ。「印度旅行というところからフランス、そしてアメリカを」と空想は広がり「そうだ、夢二と一緒にゆくのも面白い。そして父の菩提を弔うために、帰りには仏跡の巡礼も」と久允の夢はどんどん広がっていった。

七　夢二と久允の世界漫遊の旅と夢二ファン

久允は編集人として文人・画人との交渉などに忙殺される毎日であったが、当時悪評高き

夢二を抱え込み、不利になることも多い中で何とかして彼の再起を願って、あれこれと心を配っていた。当時の「週刊朝日」は文壇の登竜門と謂われた程に高く評価されていただけに編集部長としての立場から久允は夢二の絵や詩を勝手に掲載することは難しかった。しかし自ら自由担当する「コドモ・アサヒ」や「婦人アサヒ」などには夢二の挿絵を自由に載せられた。また友人や親戚の者に頼んで無理に夢二の絵を買ってもらうこともあったり、久允自らも買っては手土産にすることもあり、夢二の苦しい生活の面倒をいつも心にかけていた。この頃の気持ちを久允は

何とかして彼を復活させてやりたいと私は、私のできるだけの厚意を彼におくった。このあとのいろいろな思い出の中に彼は現れて来るが、その発端がこんな場面からであった。

と、これまでに書いてきた夢二の思い出は『翁久允全集』第四巻の「第一篇　わが一生・帰国篇（あの世からこの世へ）」の「二二、編集部、竹久夢二」などに見られたことどもであった。一八年の滞米時代の久允は「いつも日本を客観視してゐたが、漸次にその客観力が衰えて来た。そこで私も今一度日本を外国からながめて見たい気もちになつて来た」（「夢二と二人で」―ハワイの情緒に浸りに―（「日布」昭6・5））と書き、夢二については「一歩も日本

から外へでなかつた」ということだったが、「二人が一脈相通ずる感懐をもつて日本を出発する。一人は美術を目ざして、一人は文学を目ざして」と書いて、未来に期待を抱いた二人は「各国を漫遊的視察旅行しやうと思い立ったのは今年一月二十一日私と雑談の末に、ふとした話から決心したのだった」と久允は記している。ちょっとしたことから日本を本当に知るには「外国に出て見ること」と言う話から夢二と久允は意気投合したようで、二人の世界漫遊の旅の話は纏まったのであろう。

メディアから徹底的な酷評を受けながらも夢二ファンは絶えることがなかった。久允自身も夢二の「絵」や「叙情詩」や「小唄」が好きだったと書いている同じ「布哇報知」（昭6・5・17）に久允は「何処へ行つても夢二は若い女達にとり巻かれた」とあって、この頃、夢二を伴い「草津、伊香保、宇奈月、山中、その他の温泉を共に旅したり、日光とかその他の名所への旅行も」と当時について書いている。さらに前記の「布哇報知」では「十何年前に京都で展覧会を開いたとき米国のボストン美術館長」が夢二の一枚の画を買って

「あなたはアメリカへ来てこの展覧会を開かれたら、観客は三哩も続くだらうことを私は保証する」

と言ったのだが、当時の夢二には渡米など念頭になかったようで、それを其の時思い出した

夢二はボストン美術館に残されている自分の絵を「せめてもの思ひ出として、見に行きたいと言つてゐる」ことに対して久允は

彼の感慨振りを私は今から興味をもつてる。と云ふのは、その頃の画風と今頃のそれとは、全然異つて来てゐるからである

と書いているように、再渡米を共にすることを決めた久允には夢二の絵に対する関心がどんなにか強かったかが窺える。また久允は前記の「日布時事」（昭6・5・17）に画家としての夢二について

夢二は明治の晩年から、日本画壇に夢二女性の創造に依つて、独自な美術家として認められ、以来二十年、彼を慕ふ青年男女が日本の津々浦々にあふれた。夢二式女、夢二の詩、そして夢二の小唄。この哀愁に富んだロマンチストの影響が、今も若い人達の胸を打つてゐる。諸君は、日本に帰ったら髄所に夢二の描く女の姿を見るであらう。そして何となしにその女にひきつけられるであらう。しかもその女は世界に比類のない女の姿である。夢二のみに描かれる女性である。

と書いて夢二の絵をハワイの人々にベストを尽くしてアピールしている。如何に夢二の絵に打ち込み、彼の復活を目指していたかが知られる。また

夢二は近来、描くだけの女を描いて、これからは山を描き、木を描きたいと言ひ出した。そして枯淡な心境が彼を東洋的な詩人にしようとしてゐる。元来彼は東洋の詩人である。とも精魂こめて夢二の絵を絶賛し、当時の日本では低迷気味な夢二の才智を先ずハワイで復活させるために、その火花を散らそうとした。また彼について

明治一七年出生の夢二は四〇の坂を大分過ぎた頃で初老が彼の思想を、永遠性の憧憬から、永遠の自然愛に彼を担いで来た。これから米大陸にゆき、欧州を廻つても東洋人である彼は、西洋の凡ての中から東洋を見て帰るであろう。（「日布時事」昭6・5・17）

と久允は夢二の画風の推移を見守って、その俊才の伸びゆく果てに期待をかけたのである。

多くの人に愛された夢二の絵だったが、ある新聞の宣伝の材料にされてしまった。それは昭和二年の頃、夢二は余生をフランスで過ごす覚悟を決めた。そこで二〇年来描いてきた画や詩や小唄や短篇などを全集出版してまで計画したところ、夢二は当時、女流作家として名を成していた山田順子との恋愛が破綻したので、その辛さから余生をフランスで送るというようなことを書きたてたのである。それが夢二の談話として、もう日本が厭などと言うやうな意味のことが伝えられた。それをとりあげたのが最右翼派の団体であった。彼等は夢二を非国民だと豪語し、「こんな立派な日本の国がいやになつたと言ふなら、追ひ出しててしま

へ」と言い、「国賊の売国奴」と言って威嚇したというエピソードがあった。そんなことから夢二のフランスへの夢は破れたようである。

また久允は在米中に何度か会っていた米国の俳優チャップリンに夢二が逢いたいと言ったことから二人の共通点を

私はチャプリンの芸術の中から感ずる限りなき人生の哀愁を、ひとしく夢二から感ずる、チャプリンも夢二も、明るい世界の中に人生の淋しさを追うてゆく詩人である。チャプリンの哀愁は人類とともに永遠である。そして夢二の哀愁も又、いくら時代が変つても人の胸を突く哀愁である。

と書いている。二人のもつ「哀愁」に人生の郷愁を覚える久允こそ自らを「コスモポリタン」とか「アメリカルンペン」とか「大陸の亡者」と称し立て、人生の放浪をアメリカでの一八年間の生活体験で得た「哀愁」そのものに見てきたのではなかろうか。

八　久允の『移植樹』と『宇宙人は語る』・『道なき道』の出版

久允は米国からの帰国前年（大12）に米国加州王府マヂソン街七一〇、移植樹社から一九二三年七月一日に処女短編小説集『移植樹』を出版した。出版当時の「日米」（大12・7・1）三面に、この書について「盛装して世に出た短篇集移植樹＝在米同胞最初の物語」と題して、

在米同胞その者の生活をローマンスとして伝へた芸術的創作の出版を見なかつたが、六渓氏に依つてこの業が果たされたのである。著者はその「著書の言葉」の中に「永井荷風の『あめりか物語』や田村松魚の『北米の花』が日本の文壇に現れた以外日本民族の海外生活を描いた作物が現れてゐない。あらはれたにしてもそれは多くの場合旅行者の眼に映じたものに過ぎなかつた。移民地の移民生活の中から産み出されたものでなかつた。日本と米国の関係は移民時代から離れて行かうとしてゐる。これからの在米日本移民としての生活をきりあげて移住民としての生活に入る時代である。そして二十世紀の

中葉を過ぎたら私達の子弟の中から世界的言葉―英語をもつて物語を書く人々を得るであらう。彼らの時代が来るまでに私達はその中継として日本民族の伝統の下に他国で受けた神経の痛々しさを告白してゆくのである」と言ってゐる（一記者）

とあり、同じ「日米」（大12・8・20）四面にも蘇佛生の「移植樹をよんで」があり、そこは「移民地独特の内面生活」を書いた本書へのそれぞれの書評の後に

我々在留邦人生活の内面史を描いて呉れた功労を讃美し感謝したい。若し強ひて言ふべきものがあるとすれば著者の人生観、移民地に於ける人生観の色彩が極めて強烈な為めに、作品が、殆ど何の作品もが、著者の人生観に引きずられて行くやうに、私には感じられた。従つて作品の傾向が余りに一筋の様に思はれてならなかつた。然しそれが為めに作品の価値を落すやうな事はない様に思ふ。之を要するに移民地に於ける芸術作品の処女出版としては其の装幀の美と共に推賞措かざるものである。……

などとあり、移民地文芸の芸術的作品として認められていた。久允は在米中の著書が、この一冊だけだったが、他に多くの新聞、雑誌掲載ものが残されている。

夢二とのことは数年の交流であったが、久允は余りに彼の才気復活に懸命になり過ぎた結果、失敗に終わった。そのことについて書いてゆく。

大正一五年、「東京朝日」に戻った久允は「週刊朝日」の編集に忙殺されていたが、昭和三年の六月には随筆集『宇宙人《こすもぽりたん》は語る』、七月には長編小説『道なき道』を出版した（口絵参照）。前著は岡本一平装丁、同年八月の「不同調」に

翁氏は年少よりアメリカに流浪すること十八年、夙にコスモポリタンの風格あり。ユウモアとヒューマニズムに張る健筆を駆し、在米日本人の生と米人との交渉を描いては日米親善の那邊に向ふべきかを示し、或はアメリカのジヤプ化せる日本を描いて新生活の真相を展開す。その思想の普遍化的且つ超国家的なる、人種意識を脱するところに真の人間生活ありと喝破せる氏の意気に聴かれよ

とあり「弗《ドル》の国アメリカの解剖と在留日本人のロマンス」を掲げている。
後著につき同年九月号の「文芸春秋」に装幀口絵は竹久夢二とあって「最新刊」として

著者北米放浪すること十数年、その間新聞記者として、農園の労働者として、皿洗ひして、人世の惨苦を嘗めつくし、或時は流民のやるせなき心を日本人町の遊蕩児として慰め、移民地に於ける日本人として総ゆる苦難体得す。……当時宇野浩二、三上於菟吉両氏の賞讃措く能はざりし芸術的一大長篇である。……おそらく一個の国際的小説として我が同胞の一読せざる可からざるもの也。……各作家より賞讃の辞雨の如く到る。……

とあった。この二著の出版記念会が七月二三日に大阪ビルのレインボーで開催された（口絵参照）。発起人は（ＡＢＣ順）で六七名が記載されているが、その多くは当時の文壇の著名人であった。同年七月一九日の「文芸時報」の五面に「文壇画の名士で未曾有の盛会」とあって、その様子を写真入りで

多年　米国にあつて文筆に従事し、帰国後「週刊朝日」の編輯に携はつてゐる翁久允君は

とあって「集まるもの百数十名で未曾有の盛会」と書き、「中村武羅武夫氏が司会したが、先立つて野口米次郎氏の『翁久允君を推薦す』と題し、「厳粛な講演あり……堺利彦、生田葵、大泉黒石、小島烏水、時枝誠之、西条八十、小川未明、今井邦子、永田龍雄……のテーブルスピーチ」とあり、さらに「何れも熱心に翁君の芸術及び人となりを紹介し、近来珍に見る大盛会かつ厳粛な会で、かくも多くの文壇その他の諸名士の集まつたことは震災後は言ふまでもなく恐らく未曾有の会合であつた」と詳述し、最後に

翁君はこの出版記念会を初舞台として、驚嘆すべき文壇の存在となる日も近からうと思はれる。とまれ『道なき道』と『コスモポリタンは語る』の二書の出版記念会は近来珍《ちん》に見る盛会であつた。

と期待されていた。さらにこうした盛会は「翁君の人及び芸術の特異性を語つてゐるのではないだらうか」と結んでいる。この他に多くの記事がスクラップされている。この時の出席者の写真が「アサヒグラフ」（8・1）に鮮明に写っている。その説明に「前列右から堺利彦、徳田秋声、野口米次郎、翁久允、中村武羅夫、大泉黒石氏」とあり、スクラップ中で説明されている。

昭和三年の批評記事の題名を見ると、村松梢風の「『宇宙人《こすもぽりたん》は語る』を読む」（「騒人」9月）、松岡譲の「翁久允氏の新長編小説『道なき道』に就て」（「読売新聞」9・15）、三上於菟吉の「『道なき道』の作者」（「東京日日」10・14）など、他にも多々あって新聞の短評も多い。「週刊朝日」（8・25）、「東京日日」（8・27）、「毎日新聞」夕刊（9・2）、「読売新聞」（9・12）、「東京朝日」（9・14）、米国の邦字新聞では「新世界」（9・20）、「北米時事」（5・7）、「日米」（8・22）「羅府日報」（9・8、13）など多々あった。

昭和三年に於いて二冊の移民を素材にした作品は当時、斬新で異色作家の出発として注目され、続けて『アメリカルンペン』『大陸の亡者』を出版して前進の兆は見えたが、夢二に関わったため文壇への進出は、朝日新聞を辞めたことで、前記の、この二書の「出版記念会を初舞台として」とか、「驚嘆すべき文壇の存在となる日も近からう」という期待は中断されてしまった。

その夢二との久允の再度の渡米から帰国した年の昭和七年の一二月に久允は渡印し、一一年九月二十日、郷土誌「高志人」を創刊し、三八年続けて中央の文壇から遠ざかることになってしまうのである。

九　久允の朝日時代

「世界漫遊」を計画する前の朝日時代について『翁久允全集』第四巻の「帰国篇」に掲載されている。その六にある「(あの世)と(この世)」について
黄金の国、自由の国、平等の国といわれたアメリカは、その頃の日本青年にとっては浄土のように想像されたものだ。それを憧れて三途の川を渡ってきた私たち民族だった。
と書いて、久允は「あの世」をアメリカと見、「この世」を日本と見て、自らを「『この世』から亡者として飛び込」み、「それから十八年間は私にとっては貴重な歳月」で、帰国した大正一三年は関東大震災の翌年だったことから

大震災でごった返した東京は、まるで地獄のようだが、そこから復興しようとしている方向は「あの世」のものばかり

と書いて、当時の日本の復興には「あの世」のアメリカ的な「合理性」が必要であった。それは「頑固な保守的なもの」でなく「民主」的な「盛り上がり」によるものだと見ている久允の根本的な思想には、当時の日本に対しては複雑な思いがあったのであろう。四カ月後の九月、ワシントン会議の折に知り合った下村海南や「中外商業新報」に勤めていた清沢洌が成澤玲川に推薦して久允は東京朝日社に入社し、「アサヒグラフ」の編集するグラフ部に所属した。「アサヒグラフ」は杉村楚人冠の構想で震災後発刊されたばかりだった。その後、在米中に出版した短篇小説集『移植樹』を読んでいた田山花袋、在米中に「太平楽」「水郷」を発行していた佐伯卓造の紹介で知り合った鈴木三重吉など訪ねたり、十日会に出席し、俳人長谷川零余子を知り、枯野会に参加して内藤鳴雪など幅広く文人らと交流するようになり、「東京朝日」の仕事にも大分慣れてきた。

ところが「全集」第四巻の「帰国篇」には成澤玲川への紹介者である清沢洌から「大阪へゆく気はないか」と言われたことから久允が「大阪へ行きたがっている」という噂が立ち、大正一四年三月、大阪朝日に転勤となり、当時東京で編集され大阪で印刷されていた「アサ

ヒグラフ」の連絡係を担当するようになる。さらに同じ「全集」第四巻の「大阪へ」の項で久允は

仕事は何もかも私にとって新らしかったから愉快だった。部員の中では、過去の情実らしいものもないから、好き嫌いというものがなし

と書いて大阪での仕事に満足していた。ところが「ノンビリしなさい」の項で、久允は在米中の

体験談やらグラフに入った因縁やら、入った以上は日本一のものでなければならぬ。それには今の状態ではどうかな

といった言葉の中には「『あの世』式の能率とか合理性といったことを強調した」と書いており、その言葉が「改革的な部長への進言」だと「部内」で評判になり、「首の問題」ともなり、更に「今の人数の半分か三分の二で沢山だ」と言ったことから「部員のある人数を整理すること」へと「誤解」され「私の大阪ゆきを清沢に打診さ」せた、とも久允は書いている。その後の久允は大阪へ行っても

「あの世」では給料をもらったら時間をフールに働かねばならなかった

と書いているが、「ここでは」とあって「文字通りノンビリ」とした「大朝」での生活にも

馴れ、「この山芦屋での環境が気に入った」と書いている久允は
　こうした機会が二、三年続いてくれたら、多年の念願である創作もできるであろうと思い、「東京生活は、そのあとにして、それまで一生懸命に勉強しょう」と考えていたが、「全集」四巻の一六の「東京にゆく気はないか」の項に、鎌田敬四郎の訪問を受けて
　週刊朝日の東京の方はあまりうまくいっていないので、誰か、適当な人があったらと思っているので、もし、あんたが行ってもいいようなら、お願いしようと思っているのでという言う言葉を受けた久允は鎌田の言葉を厚意として「誠に有難く」頂き「アサヒグラフ」の仕事より「週刊の方なら多少の自信があって、社のために尽せる」と思い、急なことだったので家族を芦屋に残して、大正一五年五月、東京のわが家へ戻って「週刊朝日」の編集へ移った。
「週刊朝日」は、大正一一年二月二五日株式会社朝日新聞社（大朝社）が「旬刊朝日」として創刊し、赤松静太が発行兼編輯兼印刷人となり、第五号（同年2月号）から週刊となった。大正一五年六月、赤松が土師清二《はじせいじ》のペンネームで時代小説家に専業するため退社することとなり、大朝社総務局出版編集部長の鎌田敬四郎が久允を大朝社の東京駐在として「週刊朝日」の編集を任せることになった。

しかし『朝日新聞出版局史』によれば、昭和四年三月、鎌田敬四郎の部長退任に伴い、大道弘雄が部長代理、九月に木村豊四郎が部長に就任し、大朝社社会部長兼写真部長に転じたため、昭和六年一一月に大道弘雄が出版編集部長となった。

さらにまた「全集」四巻の「転任辞令」の項に「二、三年前から文壇へ諸種の作品をおくったために毎月の各雑誌など私の名があちこち出ることになったし各界層に理解ある友だちもできるようになっ」て「そろそろ自立の道を計らねば」と思っていた頃「大阪へ転勤」という久允にとって「寝耳に水」の声が立った。このことについて久允は

わけがわからないが、今まで私を理解してくれていた鎌田敬四郎部長がやめて、そのあとを大道弘雄が継いだ

とあり、久允は高慢な大道を嫌いで「私はあまり相手にしていなかった」とあり、

私が東京へ来てから文壇に少しばかり顔を出すようになったが、それも彼の気にくわないようであった

と久允が書いていることから、久允に対して「大道が私の転任申請を提出し、印をもらって即刻辞令として東京に発表した」とある。また久允は「私が週刊朝日をやるようになったとき」の「部数は九万ぐらいなもの」だったが

ここ数年間に三十万部を突破したし、春夏秋冬の特集は五十万部を越すようになったので、私の労を多としてくれていた

と書き、また「私は今日まで馬車馬のように週刊朝日一途に駆け回ってきた私の過去を顧み」と書いている。この久允の活躍ぶりへの嫉視から来る大道の、久允に対する「転任辞令」（「全集」四282頁）という悪辣な手段に対して

私はもう、こんな小細工をするような同僚とともに仕事をすることに絶望していたし、もし、それが出来ないようだったら、いさぎよく退社をしようと腹をきめていたので、

そんなことも口走ったのだ。

とあるように、不慮のことから退職を決意した久允は、これから日本の文壇への飛躍の寸前のことだったが、予てよりの夢二画復帰念願だった「世界漫遊」への夢を目指して昭和六年五月七日、夢二と共に、ハワイ経由で「世界漫遊」へ旅立った。

一〇 いよいよアメリカへ向かう前後の二人

渡米するに際し、二つの葉書が残されている。その一枚は

謹啓

しばらく御無沙汰致してゐます。今度私達はアメリカとヨーロッパを旅行して来ます。五月七日横浜出帆の秩父丸に乗ります。お伺ひの上御暇乞も致したいのですが、何やかやととり紛れてゐます。何卒あしからず。かれこれ一年もかゝると思ひます。二人は歩くつもりです。帰つたら又お目にかゝります。あなたの御健康を祈つてゐます。

千九百三十一年四月十五日

東京府下松沢村松原七九〇

竹　久　夢　二

東京府下下駒場九〇五

であり、もう一枚は

翁　久　允

竹久夢二　海外漫遊送別会

今度竹久夢二君が三越と松坂屋に於て展覧会を催し、それを名残りとして、又翁久允君が創作集『アメリカ、ルンペン』を残して、五月七日の秩父丸でアメリカに出発します。私達はこの行を盛にす可く一夕送別の宴を催したいと思ひますから何卒御出席下さい。

発　起　人（A　B　C）

有島生馬、千葉亀雄、近松秋江、福田正夫、藤島武二、久米正雄、菊池寛、加藤武雄、小島烏水、三宅やす子、望月百合子、三上於菟吉、中原綾子、中河幹子、西村伊作、直木三十五、中村武羅夫、長田秀雄、岡田三郎助、岡田八千代、恩地孝四郎、岡田三郎、尾崎士郎、東郷青児、津村京村、徳田秋声、吉屋信子、吉井勇

会場　麹町内幸町大阪ビル、レインボー、グリル

時日　四月二十五日午後六時

会費　二円五十銭

など四四名の名を連ね、ここに渡米前の様子が知られる。

久允は財閥でもなく、単なる一介の新聞記者が退職金を二人の旅に注ぎ込むという冒険であった。当時の久允は親交のあった在米同胞たちに夢二の絵を買ってもらう金と久允の朝日退職の資金で世界漫遊できるものと単純に思い込んでいた。この頃の夢二は久允に全面的な負担をかけるのを十分に承知していたようで、前記の「出帆」で

「僕の一世一代だからな。やるよ」

と力強く言う。果たしてこれが夢二の本心であったのか？　あの朝日新聞の編集室に初めて訪ねて来た時のみすぼらしさは一転し、画壇に向って輝かしさを夢みているような夢二を、まばゆいばかりの雄姿として久允は仰ぎ見ていたような会話がなされている。

嘗て夢二から直接聞かされた女性問題、田舎から女が追っかけて来たこと、女の内弟子を孕ませたこと、堕胎させる金など「次々に来る実際的な事件や、連続的な関係が彼を刻々窮乏と不幸の淵に追い立てる」、「一度だつていい話をもつて来ることがない」ので「晴れ晴れとした顔」は見られなかった。併し「私はいつ来ても厭な顔を見せたこともなく」、いつも持ってくる「半折」や「他の絵」など友人や親戚に売ってやったりした、そんな付き合いが続いたなどとも書かれている。

久允の自宅や新聞社には頻繁に訪れては愚痴話の連続であった。その捌け口に辟易として

いた久允は常に「君一人のものをぐんぐん発展させてゆく」ようにいつも励ましては、今こそ「恰度人生の転換期」だと夢二を力づけてきた。

一時は厭世的になって榛名山に引き籠るという夢二の「枯淡な域に入りつつある画が好きに」なったこともあった久允は、夢二の欠点は知りながらも、二人には肝胆相照らすものがあってか、遂に二人の旅を世界漫遊に託して決意したのである。その真意は孝行心の深かった久允にとって、この旅は「父の追善供養」にあったと何度も書いている。それは漫遊の帰途印度の仏跡巡礼により父の「追善供養」を果たさうとしていたのである。

小説は未だ続く。旅立つ直前のことで、米国に着いたら何とかなるだろうと安易に考えていたのだが、「出発の準備やら、船の費用等で」幻二の分が「二千円の用意が必要」になってきて久允は夢二展に奮闘したのだが、その折に入金したものを幻二が「どこへどう使ひ果たしたものか」、結局全部「私」の負担となった。「朝日新聞社も始めは一カ年の休職と言ふこと」だったが、夢二のために出発が大分遅れてしまった。その間の事情について

どうせ一年以内に帰れさうにもないことがわかつて来たから、一層のこと退社と決心し、その手当金をもつて、アメリカへ行つてから幻二の万一に備へて出発したのだつた。秩父丸が横浜を離れたとき、慌ただしかつた過去五カ月あまりの疲れが一時に二人の顔と

心に来てゐた。それからホノルルにつくまでの十日間は平穏な航海だつた。

（昭和十三年『大陸の亡者』に書き下ろす）

と書いて「出帆」は終わっている。これからハワイ経由で二人は渡米するのである。まずホノルルに着陸する。

二　「世界漫遊」に於ける報道のさまざま

二人の渡米についていち早く報道した「日米」（昭6・2・20）は「夢二画でならした竹久夢二、お馴染みの翁久允氏　同行にて六月ごろに」とある見出しで

元本社のオークランド主任だつた翁久允氏は帰国後東京朝日社入社　週刊朝日、アサヒグラフなどに勤務しながら執筆に従事してゐたが、今回夢二式画で鳴らした竹久夢二氏と同行漫遊旅行試みることとなつた旨本社に通知があつた。竹久氏は多年渡仏の希望があつたがいよいよ断行することになり翁氏と相談一決し来る四月ごろ出発。まづハワイに渡り一ケ月滞在の上六月ごろ渡米するが米国では両氏が講演旅行を試み、その傍ら

翁氏は七年ぶりで米国の進歩ぶりを見て創作の資料を仕込むのが目的だ。
と記されている。同年の「北米時事」（3・9）に清沢洌は

翁六渓君が竹久夢二画伯と渡米することは前便で申上げたが五月七日の秩父丸で横浜出発ハワイに立寄り、アメリカに渡る由。沿岸には暫らく居る由に候。

とある。他に米国の邦字新聞と思われる出典不明の切り抜き記事に「竹久夢二と六渓、同行二人の漫遊、八月頃に沙港に行きたい」という三行書きの見出しで

翁六渓氏から本社への通信によると、同氏は今年一ケ年間は東朝に籍だけを置いて近く欧米の漫遊旅行の旅に上ると云つて居る。

今度の旅行は例の特長のある婦人画に一代の名声を博した竹久夢二氏と同道で四月に日本を出発して布哇に渡り、布哇から加州を巡礼して沿岸を北上し、シアトルへは八月頃に来る予定であるのだ相で、旅行は仏国が目的の終点で、途中竹久氏は希望によつて絵の揮毫をし、翁君はお話をして廻るかた〴〵米国や欧洲で著述の種を漁ると云ふ事、竹久氏と同行二人の一行は滞仏約一ケ年のの予定であるが昔し恋しいシアトルで旧知の人々と再会するのを今から何よりの楽しみとして居ると云つて居る。

とある。また切り抜きの出典不明の記事には「翁六渓氏が　竹久夢二氏同伴で　六月頃渡米

目的は　小説の種仕入」と四行書きの見出しで

在米同胞にはお馴染深い翁六渓氏は帰朝後東京朝日新聞の週刊朝日編輯部で独特の手腕をふるひ、尚中央公論、其他一流雑誌に移民地を主題とした小説を書き、其の特異な筆に人気を得つゝあつたが先き頃、本社に達した通知によると、愈々日本の文壇に打つて出ることになり、先づ其種仕入に渡米を希望してゐた所、丁度親友の、夢二式絵で一世に鳴らした竹久夢二氏が欧米漫遊を望んでゐたので話しが纏り来る四月頃一緒に日本を出発、先づハワイに上陸し、六月頃沿岸に来る予定であると云ふ事である。

翁氏の渡米で当地に在る文人連も大きな刺激を与へられることであらう。

と二つの記事は伝えている。

ハワイの新聞「日布時事」（昭6・5・20）は「郷土美術を語る　竹久夢二」の二行書きの見出しで

一年位の予定で翁君と二人で世界各国を巡遊する考へ。僕は以前から絵を描き抒情詩を書いて来たが今更詩を書き絵を修業する年でもない

と書いて、「上州榛名湖畔に遊んだ際土地の有志から一万坪の地所を貰つたので今度アトリエを作り、郷土美術の学校を開」き「美術好きな若い人々のために絵の講習会を開く考へ」

だと言って、さらに「ヨーロッパでは古い郷土美術も見て来て帰国後は田舎で芸術三昧の生活に入る筈だ」とも述べて談話は終わっている。

一方同紙で久允の記事として「盛んになつた　アメリカ文学　日本文壇の中心　翁久允談」の四行書きの見出しで

今度はすつかり世界を見直して来る考へだ、アメリカには五六ケ月ゐて夢二はスケッチを描きボクは小説の材料をウンと仕入れるはずだ、十五、六年もゐた加州から飄然と日本に帰つてから足掛け八年になるその間ほつ〳〵発表したアメリカ・ルンペン物が漸く世間に認められ文壇といふものに足をふみ込んだが」

と言って、日本文壇の状況を書き

アメリカにゐてアメリカ文学に無縁の衆生であつた僕もいよいよコレを初歩から勉強する時期が来たのでまアみつちり米国文壇の動きでも見て来るつもりだ。

と二人はそれぞれに期待をかけて抱負を述べている。「日布」側では「絵と文の行脚に　竹久夢二氏と翁氏」という見出しで

翁久允氏は語る「竹久君と二人で欧米各国を絵と文の行脚をして来るのである。竹久君は榛名山麓に一万坪の土地を貰ひ美術学校を設けたが其処に引込む前にもう一度世界

を廻つて来ようとなつたのである。当地に二週間、米国に五六ケ月それから欧州に行き竹久君がスケツチし私が文を綴ると云ふのである。日本の文壇は従来ブルはフランス、プロはロシヤと云ふ風であつたが近来シンクレーア、ルユーイスがノーベル賞金を貰つてから米国文学は先端的だと云ふので関心を持たれる様になつて来た」と語り竹久氏は「郷土芸術を研究して来たいと思ふ。従来の日本画面目に帰りつゝある」と語ってゐた。と各々の談も載せて二人の世界漫遊を祝うかのように報道されていた。これらの記事以前の「日布」（5・17）の「文芸雑記」では他の多くの記事の中で、もつとも長文で伝えている。

竹久夢二氏と小説家翁久允氏とが十四日の秩父丸で来布した。

と書き出し、一九三一年五月一四日、来布したと記している。その後で「編集局で一寸会つた翁氏」とあって、その印象を

永い海外生活をした人丈に吾等と一脈通ずるものがあるやうに感ぜられた

と記者は感慨深そうに述べている。

一二　夢二にとって初の世界漫遊の船旅

久允は明治から大正にかけての一八年間の在米生活を切り上げて故国で八年ほど日本人としての生活を送ってきた。しかしもう一度日本以外の各国人の思想や文化を観察したい思いを「沿岸太平記一」（「日米」昭6・8・22）に「私は一人のコスモポリタンとして、白でも赤でもない自分を、日本から旅立たせる機会を作つた」と書き、さらにその機縁を

私の人生観を新しく作り上てそれに依つて、自分の仕事を残してゆきたいと考へたのだ。丁度その折り、友人の竹久夢二も、久しい間憧れてゐたフランスへの旅を思ひ立つてゐた。彼も亦コスモポリタンであつた。世界のどこで死んでもいゝと思つてる男だ。彼は絵を描かう、そして私は、私の求めるものを探さう。旅は助け合ふ、と言つて海を越して来た。

と久允は書いている。「沿岸太平記」については後述することにして、二人の船旅の様子について前記の小説「出帆」（『大陸の亡者』昭13・12刊）と随想「再外遊篇」（「高志人」一から

一五、昭43・4〜44・9）が『翁久允全集』一〇巻（昭48・12刊）に再掲されている。これらの中からハワイへ行くまでの彼にとって初めての外遊の船旅の様子と久允の思いを見てゆく。久允は朝日新聞社の退職金の総べてを二人の外遊にかけての旅であつた。そのころ極貧生活を送っていた夢二は所謂一文無しの男であった。前記の「出帆」では夢二に扮する「幻二」の仕草を久允に扮する「私」は細やかに観察して、彼は、「よく困りぬいた時にやる長い頭髪を撫であげて」と書き、さらに

その掌で顔を撫で上げ撫でおろし、そして髪をつまんだまま、じつと例の蛇のやうな眼で相手を冷たく覗く。それをやりながら——そのかはり、アメリカについたら一所懸命稼いで、きつと今まで厄介になったものは清算するよ、だから、ここのところはひとつ目を瞑つて我慢してくれ玉へ——、とそこまで来ると、もう重荷でもおろしたやうに、ほっと息をついて、例の淋しい笑を眼尻皺に波うたせながら、ねえ頼むよと言ふのだつた。

とあり、さらに「どうれ、いくら位出来たんだね」と「私はベットの上から」近寄ると、幻二は

彼の蟇口を手にとると、一種の興味にはずみながら、無造作に口をあけて逆に、じやら

じやらとひつくり返した。五十銭玉や十銭玉五銭玉まで交つて紙幣の数々を並べてみると、漸く二百何十何円何十銭しかないのだつた。ほゝ、これじや日米金百弗あまりだね。これぽつちの金をもつて、秩父丸のキヤビンにおさまり、世界漫遊するんだなんて人物は、明治以来君一人かもしれないぜ、これや君、記録（レコード）ものだと。しかし、笑ひながら、なに、どうせこれから一年あまり、二人は夫婦者かなんぞのように助け合ひながら行かねばならぬ長い旅だ。

と書いて米国へ着いた後の旅程をアメリカでは何処を廻ろう。そしてヨーロッパに入ったら「私」は

北米、南米、中欧と、更に近東に入つて欧洲の古代から現代に至るまで、歴史的事蹟や、古今の名画を見ながら、帰りは中央亜細亜をぬけて古代文化の廃墟をたづね、そして印度に出るのだ、印度は面白いに違ひない。更に余力があつたら、シヤムから支那にまでは入らう。

と述べ、「幻二」は「方々の面白い風俗や景色をスケッチ」する。「彼の書きぶりを見たり、研究したりして、その画法を私が学びたい思いにもかられる」。また「二人の漫遊紀行を文と画で出版して、今までの著書になかつたような世界を日本の読書界に展開しようと言ふ華

やかな希望と歓喜」を抱く「私」だった。それが当時の久允の真情であり、抱負でもあった。
いづれ米国に着いたら画会を開いて多くの知人に「幻二」の絵を買ってもらい「今まで立替へた金位の回収なんか左程困難でもあるまい」と極めて気軽に考えている「私」は
「君も一つ大いに努力してくれ玉へ、何にしても君が復活するかどうかの一世一代の事業だからな、」
と言って「幻二」を力づけ、「今日からの小遣は、何でも自由に遠慮なく僕に請求すること にしてくれ玉へ」といって「アメリカでの画会が済んで終つたら奇麗に勘定する」と言って「旅支度一切のもの」を記入した帳簿を見せ、現地についたら「一日平均何枚位描けると思ふね」と聞くと
「そうだな、十枚でも二十枚でも描けるよ。」
と言う。「私」はハワイで大小百点、桑港を中心に二百点、羅府地方に二百点、シアトル方面に百点など全体で六百点を見込み、平均二五弗として一万二千五百弗だから、かなりの費用がかかったとしても半分以上は「幻二」に渡せると「私」は報告する。
当時の日本では不評を買っている「幻二」こと夢二を海外に連れ出すことで多くの友は反対し、久允を案ずる声も多かった。それを押し切って渡米した。「意地でも、君を成功さし

て、帰りたい決心でいるのだからね」というと「幻二」は
「それや勿論、大いにやるよ。それに今度はすつかり君に厄介になるのだから、……僕の一世一代だからな。やるよ！」
と言うと「幻二」は急に元気づいてデッキへ飛び出した。
多年憧れぬいて来たフランスにゆく、これが門出だと思ふと、空を飛んでる海鳥のやうに彼自身が軽快な気もちに、飛びあがつて
と「私」は「彼の心情を想像して」書きとめ、さらに
　過去数十年間の不快な燻つた生活から開放された自分を讃へ、こゝまで自分をおびき出してくれた私に対して満腔の感謝を抱いてるやうに見える、その姿を後ろからながめながら、何かこういふ仕事をし遂げつゝある人が、凡ての物事に寛るやかな気もちになれるその微温さで、彼が他日祖国に帰るとき、今までの見すぼらしい竹下幻二とはすつかり変つた輝かしい人物となつて、日本の画壇に登場する雄々しい姿を極彩色で描きながらほゝ笑むのだつた
と「私」は「幻二」の蘇生、復活を一途にめざしての世界漫遊の旅の途にある、この「私」の偽らざる純粋な心境をありのままに描いたのが久允の「出帆」なのである。これは正真正

銘夢二そのものをモデルにした久允の自伝小説である。

一三　ハワイへ向かう船中の二人とハワイの人々

ここから「全集」第一〇巻の「再外遊篇」「ホノルルまで」から見てゆく。その冒頭に

竹久夢二には秩父丸での生活は何もかも新しく珍らしく、感じられたようだ、五月七日、渺々とした太平洋の波のかなたに没しゆく夕暮れの富士山を二人が甲板から見送ったが、私の感懐と彼のそれとは大きな違ひがあろうと私には察しられた。

と書いている。船中での夢二の様子は

最初の夕食をダイニング・ルームでとったときの彼のナイフやフオークを使う手は慄へていた。そして多くの日本人がやるようなスープのすすり方、ものの食べ方など気にかかるが、

と久允は書いているが、ここで彼に洋食の食べ方を注意するのは彼の自尊心を傷つけると思ってか、久允は

これから新しい世界へゆくのだというイメージを破らせないようにと私はニコニコしながらそれを見ていた。

と書いて夢二を労わる気持ちから、初めての船旅で船酔いもあろうから早く休むように言うと夢二は「大きな呼吸をし」て

「ほんとに君にいろいろ面倒かけたなァ」

と言って布団をかぶった。「ホノルルまでの一週間は船内で……これからの二人が共に新しい人生の建て直しに出発する甘い希望の夢をくり返しながら、彼をなるべく喜ばせるような話題を選んだ。というのは、彼は過去において淋しがり屋であったし憂鬱になりがちであったから」などと、夢二へのさまざまな配慮をする久允だった。

しかし現実の夢二を目前にして「ホノルルに着くといふ前晩の夕食時間にパンをちぎりながら、皿にバタをこじりつけてムシャムシャ頬張つているのが余り見つともよい格好でなかった」ので「それはよした方がいいな」と言うと不愉快な顔をした。先々での夢二の「未開人的な」仕草を思い遣って「この調子だと困るな」と久允は悩ましく思った。この時ふと「この海外旅行に不馴れな友をこれから引き回してゆかねばならぬ私は、今まで何でもないように思っていたが、考えてみるとそう簡単なことでないように思われた」とも書いている。

その翌日、今後の「構想と予定」として

ホノルルでは二週間、サンフランシスコでは二ヵ月、シアトル、ロサンゼルスでは一ヵ月ずつ、あと二ヵ月で中部から東部のシカゴや、ニューヨーク、ワシントン、ボストンなどを観光してロンドンからパリーに行く。その期間を六ヵ月としたい。パリーで君と別れるのだが、その時はそれからの二ヵ年間フランスに滞在する費用と帰国費の半年位な生活費を君に渡す。

と夢二に伝えた。この時「これだけのことを果たされる自信が私にあると私は思つてゐた」と確信を以て久允は書いている。この旅の元手になるものは夢二のために仕込んできた「五百本の軸物（中味は白紙でこれに夢二が随時描く）の絵を在米の旧友らに買ってもらう。その中から私が今まで彼に立て替えた一切の費用を返してもらつたあとは全部彼のものとする……」と書いてその操作が久允に課せられていたのである。久允は「従来興行的なことを」やったことがなかったが、「多くの友だちは私の願いをきいてくれるだらうという自信はあった」とも書いている。

当時のハワイや本国のアメリカでは夢二といっても殆ど知る人はいない。しかし久允の旧友たちは「新聞社や日本人会その他公共団体などで第一線に立つてゐる働き盛りだから宣伝力もあり、推薦力もあった」と久允は思って、楽観的だった。

一週間の船旅を経てホノルルへ着いた。そのあたりを

紺碧の海ばかり見て来たが、いよいよ山が見えだした。五月十四日である。ホノルルの町景色は私には三度目だから珍らしくもなかったが夢二にはエキゾチックに見えてるようだ。

と書いている。埠頭には「数百人の出迎へ男女」が「手を振」っている、その中から「群衆をかきわけて現れたのは思ひもかけなかった古川茂生」、彼は在米時代に同宿していた友で、今は「日布時事」の営業部長、この人が「一切の世話を買って出てくれた」のである。彼と同伴の同社の「編集局長」、もう一人は「日米」で久允の書いた物をよく読んでいたという人、彼らは夢二と久允の首にハワイ名物の花環をかけて歓迎してくれた。他に「布哇報知」の記者四、五人、同社の相賀社長とはワシントン会議（大10）の時に知り合った人であった。多くの新聞人の出迎えを受け、この時の感想を久允は

何かサイサキがよいような気もちがしたし、夢二はわけがわからないままに喜んでゐた。

と楽しげに書いている。その後で相賀社長に夢二を紹介してから、二週間の滞在期間に夢二

展をやるのでよろしく頼むと言うと相賀をはじめ、記者たちも快く引き受けてくれた。

「次から次からと新しい友だちを紹介され、毎晩のようにいろんなグループから歓迎され」同郷の富山県人たちも二人を方々へ案内してくれた。ハワイの新聞は二人の行動を多く採りあげているので、その足跡が明らかである。夢二の展覧会や二人の講演などの記事が連日のように新聞紙上を賑わせた。ハワイでの費用は予定していなかったが、夢二展は意外に多くの人たちが集まって滞在費は夢二展で得た金で何とか間に合ったようである。

ハワイのヒロ市にいる、室積徂春主宰の俳誌「ゆく春」の愛読者が展覧会場に来てくれ、ヒロへ夢二と二人は「五月二十三日にゆく」という約束を交していたので予定通りにヒロへ向かった。出迎えてくれた俳人たちはヒロの街を車で一巡してから「ゆく春」の仲間たちの「蕉雨会」の句会にも二人は出席している。ハワイの何新聞か分からないが、五月二五日に「ヒロ蕉雨会の　翁六渓竹久画伯　両氏歓迎句会　前原氏火山新館で開催」と四行書きで会の様子を知らせ、夢二と久允の三句ずつが他の俳人らの句と並んで載せられた。


雉子《きじ》鳴くや誰が踏みそめし道ならむ　　　夢生

サボテンの刺の光るや布哇《はわい》晴れ　　三点　　六渓

右の俳句は夢二無点、久允三点であった。

この句会に集まった俳人たち一一名の名前を載せ、右の句を含めて六句を披露している。最後に、「ヒロで五日間過ごしたが、その間に夢二が絵を描いたので有志の人たちに頒布することにした」とあって、滞在費を捻出できたことを記している。ヒロの感想をと書いている。

ホノルルほど都会化しておらずスレッからしのようなものは尠なく、人情は素朴であった。ハワイでは予想外の歓迎を受けて二人は心温まる思いであった。それは久允の嘗ての在米時代の知友たちとの繋がりがあっての深い親交による恩恵であったと言えよう。

一四　ホノルルに於ける夢二と久允の記事の数々

いよいよハワイ着の記事が昭和六年五月一五日の「布哇報知」四面に「昨夕の秩父丸で来布した邦人氏名　近来に無き多数也」と前書きがあって

日本郵船会社の秩父丸は別項の如く昨夕七時に入港第七桟橋に繋留したが当地に一等十一名、二等十名、三等百五十九名……

とあり、「一等船客」四名の名前を載せている中に

翁久允（著述業）、竹久夢二（画家）

と記して、「三等船客」は県ごとに氏名を書いている。

「布哇報知」（昭6・5・16）の三面に「明日より佛青で　夢二画伯の展覧会　十九日には講演会を催す」と三行書があって、その左に夢二と久允の写真があって

一昨日の秩父丸で翁久允と共に絵と文の世界行脚の途当地に立寄り滞在中なる竹久夢二画伯の作品展覧会は明日曜から三日間佛青で開催さるゝが……

とあり、その後、この年の五月二三日の「日米」の三面に「翁竹久両氏　ホノルルに下船来月三日龍田丸で来桑」と三行書きで

竹久夢二画伯と同行欧米漫遊の途にある翁久允氏は秩父丸で渡米し、ホノルルに下船した旨昨日ホノルルから本社に通信があつた。而して、六月三日着の龍田丸で来桑するはずである。

と今後の予定まで報せている。「予定通り二〇日ほどハワイにいて龍田丸で桑港へ向かうのである」とあり、記事は続けて「ホノルルに着く前夜」と前書があって「翁六渓」の署名で

「ゆこかメリケン

帰ろかジヤパン

こゝが思案の
ハワイ島」
へ明日つくのだ、夢さんには海外の第一景、私には、八年前の思ひ出島、二人とも不惑の齢を過ぎてのルンペン旅、島に待つてる人があるでない、といつて若い頃のやうな、横浜埠頭のセンチメンタルな情景もなかつた。さすがの夢さんも「ゆく春の心おもたき船路かな」と淋しがる。船員から画帳を出される、開いて見れば正宗白鳥さんが嘗ての旅に墨痕淋漓《ぼくこんりんり》と「あれも又三笠の山で見し月かな」とやつてゐる、夢さんの絵の次ぎに
「一鈎淡月天如水」
とやつたが余り気に入らなかつた

と久允は呟くように書いている。「布哇報知」（5・16）によると

両氏は打連れて昨日本社を挨拶に見えた。

とあることで、その時に夢二の作品展覧会を開催する打ち合わせがあったようで「日本からの作品及び当地でのスケッチ五十枚余り」を出品すると伝え、さらに同紙には

・十七日より一九日まで仏青に於て夢二画伯作品展覧会

・十九日よる仏青に於て翁、夢二両氏の講演会

とある。右の「仏青」とは「仏教青年」のことである。講演の内容は「日布時事」（5・17）の「文芸雑記」に

文芸に関心を持つ者の聴き遁せない講演だ、翁氏は「現代日本の文芸―文壇各派の情勢」に就て、竹久氏は「台所とヴエーナス―生活に於ける芸術」なる題下に語る事になつてゐる。

と記している。しかし同じ「日布時事」の一六、一七、一九日の記事と「布哇報知」（5・20）では「文芸より観たる日本現代の批判」と書かれている。これは恐らく題を変更したのであろう。二人の講演についてまず「従来の講演会とは毛色の変つた講演として期待されていた」と伝えている。久允は続けて震災以後の日本は「あらゆる方面に変化を来たしたこと、それを「大観すると、すべてがロシヤ式と米国式の二派の対立」だと主張する。さらに「現代の日本は聡明な指導者」も「信頼すべき中心人物も出ず」、今後「世界に呼びかけるものは米国又は布哇に育つ日系市民の中からでて来るものではあるまいか」と強調しながらも「自分の夢想かも知れない」とも言う。これに対して「文藝家らしい話振りは一同を引きつけた」と評されている。

夢二については「ユーモアたつぷりな口調で」「今の芸術は一部分の専有物でなく大衆の芸術になりつゝある。芸術が各戸の台所まで発見されて始めて大衆化される」ということ、また海外に出た動機、目的、など過去の生活を交えての「短時間」で「興味深く」「非常に愉快な感じを聴衆に与へた」との評であった。七〇余名の参会者で盛会だった。
この他に一九日の「日布時事」の二人は「今十九日午後松坂茂氏の案内でタンタラス登山を試みた」とあって
竹久氏は好きなスケッチをなし、翁氏は最近タンタラスを中心とする小説の好材料を得る所あり心行くまでこれが実感に浸つた
と二人に対する好意的な記事を寄せている。
一九日の「日布時事」には「竹久、翁両氏　歓迎晩餐会　明晩ワイキキ塩湯」と三行書きで、有志主催の会の予告もあり、他でも歓待され、夢二の展覧会についての記事は連日報道されている。一六日の「日布時事」では「夢二さん展覧会　愈々明日から仏青で　大部分はハワイでの作品」と三行書きで
哀愁に富んだローマンチックの其の独特の筆致は観る人をして恍惚に陥らしめずには置かない。……展覧会展中毎日新作をつけ加へてゆくことになつてゐる。

とあり、一八日の「日布時事」にも「叙情的な絵に　みな恍惚気分　竹久夢二氏の展覧会」の三行書きで

夢のやうなハワイの南国の気分は夢二さんを駆つて頼りに絵筆を動かしめてゐるのである。

など同じような批評である。ハワイの人たちは夢二の絵に魅力を感じていたように思われるが、他方での「南船北馬」（「日布報知」5・18）では夢二の第一印象について

彼が頗る無愛想である事、何か笑つても大損でもした事でもあると見えてニコリともせぬ……アノ無愛想で若い女に持てる所は確に絵のお蔭、芸が身を助けると云つては甚だ失敬だが若い女に取り巻かれて「永遠の女性」とやらに夢中になりたい連中は差当り夢二に肖《あや》かつて絵書きを志願する事だ。

と厳しく皮肉ったような批判の声もあった。もう一つ「竹久翁両氏　昨夜の講演会　夢二絵に来会者恍惚」の三行書きで、二人がハワイのヒロに行った記事は五月二五日の新聞に「一昨日サタデー（廿三日）に『ヒロ蕉雨会』の句会に二人は出席し、三句ずつ掲載し」とある。また大正寺で夢二は「ヒロ街のショーウインドの雑感」、六渓は「日本の現状」の講演、夢二は「美術家」「一旅人」としての感想を述べ「聴衆に幾多のヒントを与へた」とあり、さ

らに翁は日本の「腐敗せる現状を暴露し」「故国を当《あて》にせず独立した民族として自決発展の途」につくべきと講じたことに対して、「適切な忠言」で「共鳴を与へ」たと評されている。

一五　いよいよアメリカ本土へ

（一）桑港に着いて

二週間ほどハワイに滞在した夢二と久允はいよいよアメリカ本土へ向かうこととなった。私の手元にある資料にはハワイを何日に出港したのかという記事は一切見当たらない。特に「日布時事」のコピー入手が困難であり、スクラップしてある記事があっても日づけが不明だったりするが、ごく稀に日付の記入してあるものもあった。「日米」や「桜府日報」や「大北日報」であれば、殆ど国会図書館にあるので大体は調べている。

米本国着前の「大北日報」（昭6・5・22）にある「竹久氏と共に　翁久允氏　桑港に来着」という三行書き見出しに

欧米漫遊の為に翁久允氏と竹久夢二氏とは去る二十日桑港に入港の秩父丸で来着せる由

とある日付と「秩父丸」という誤報を伝えている。正しくは入港当日の六月三日の「羅府日報」により「龍田丸の　正真名士　オン・パレード」の見出しがあって

明三日桑港へ着く龍田丸は、まさしく名士竹久夢二や翁　久允。それに早川雪州、伊藤道郎の一行が米本土へ着く。何れも羅府へ近いうちに乗込み又賑はふことだらう。

とあり、同日の「日米」には「お馴染みを多数乗せて　龍田丸本日入港　早川雪州　伊藤道郎　竹久夢二　翁六渓」の記事が載せられた。それは

郵船の龍田丸は予定通り本日入港することになつたが沖合には正午、三十四埠頭繋留は午後二時ころ予定である。乗船客は一等八十名、二等三十九名、三等二十一名で、其内にはお馴染みの早川雪州氏や伊藤道郎氏夫妻、竹久夢二画伯、翁六渓氏等来桑のはずである。

とある（口絵参照）。さらに二日後の六月五日の「日米」には大きな写真入りで

上段には「（上）右　尾崎セオドラ夫人　左　竹久夢二氏（頭に手を挙げてゐる方）と移民地文芸作家翁六渓氏」　下段には「（下）早川雪州夫妻」

と説明されている（口絵参照）。さらに出典不明の記事で「タツタ丸で——来た人、帰つた人」、「珍しく揃つた芸術家　雪州、夢二、道郎、六渓」と見出しがあって、雪州、道郎などの説明の他に、「夢二」については

　氏、雑誌や新聞の挿絵でポピュラーな人、黙々として語らず、芸術家タイプ濃厚な口から「老境に入れば感興湧かず」と納つて居た。

とあり、「久允」については

　氏、米国帰りの移民文学の旗印で当地には馴染み深き人種が尽きて来たので種探しに来ました、その外には米国文学が日本によく紹介されてゐないので少し研究して帰朝後書いて見たいし、又米国文学が欧洲に及ぼせる影響といふやうなものも此処と欧洲で調べる心算りです。加州滞在は三ケ月の予定です

と記されている。

六月四日の「日米」に於ける夢二談は「産業美術を見た各国の　ローカルカラーを研究して参考とする　ユメジ竹久の抱負」という三行書きの見出しで

　今度の旅行は美術の新しい日本の傾向といふものを遠くから見るつもりで来ました。最初私の美人画は西洋のものからヒントを得て初めたものだが、最近は東洋的になつて

来た所が一般民衆は今や西洋もの心酔の有様で日本ものを忘れた形でこれからが必ず日本的になるべき運命をもつてゐると思ふ故に自分はその信念のもとに各地の産業美術を研究してその各地とも国に即した美術といふもの丶存在を発見すべく渡米した。

と渡米の由来を述べている。これはまさに夢二の芸術観だと言えよう。

六月六日の「日米」には「翁久允氏　歓迎晩餐会　土曜日午後六時から」と三行書きの見出しがあって

元本社王府主任であつた翁久允氏の歓迎会を本日（六日土曜）市内美州楼において開催するはずだから、出席希望者は美州楼か、八幡ドクターまで申し込まれたし

とあって、夢二には一切触れていない。果たして夢二は同伴したものか。今となっては分からない。六月七日の「スタクトンタイムス」には「翁六渓氏　竹久夢二画伯　共に桑港着」と三行書きの見出しがあり、夢二同伴で「布哇を視察して」とあって久允について

北米文壇から日本文壇にのり出した人で、昔北部シアトルから来加の折当スタクトンに足をとゞめ数年スタクトンニアとして活動した人、当市に縁故も深く知友も多い。何れ近々来須の上講演を試みるはづなるがデルタ吟社では一夕此の両芸術家を招いて歓迎句会文芸座談会を催すべく準備中であると、

とあるのはスタクトン時代の記者の記事であろう。二人の来須を期待している。この記事はスクラップ中にあったものである。この後六月一一日の「日米」には「翁竹歓迎会　十一日の昭和楼で」という記事である。一二日には「竹久、翁両氏の　講演会　今夜八時より　金門の社交室で」とあり、「金門学園社交室」ともあって

一、再渡米者の見た在米同胞　　　翁　久允
一、世界美術の現状　　　竹久夢二

など二一日の記事には「竹久、翁両氏　地方へ旅行」とあり

当市加州館へ投宿中であつた竹久夢二並に翁久允氏は二十日午後サクラメント向け出発した、同市よりスタクトン方面へ足を向け二十四日ごろ帰桑の予定だと。

とあって、二人の行動は常に報道されており、多忙であった。

(二)　久允の、夢二画展への尽力

久允は夢二同伴の再渡米について、在米の記者たちへ、すでに知らせていたろうことが想像される。そのこともあってか、ハワイでは非常な歓迎ぶりで夢二画展への配慮もされ、二人にとって楽しい滞在であった。ハワイにいた頃の二人の様子が米本土で話題になっていた

ようで、サンフランシスコの「桑港週報」（昭6・5・23）では「待たれる　竹久夢二　翁氏と共に渡米」という見出しがあって

ローマンチックな画風で独特の芸術境を持つてゐる竹久夢二氏は近く翁久允氏と共に渡米の途につくが、当地でも絵画展を開くようにとの希望者も多数あり、氏の渡米は待たれつゝある。

と二人の渡米を心待ちにしているような記事があった。

その後、サンフランシスコに着いた直後の六月八日の「日米」に「夢二画伯　画展を開く」という見出しがあって

竹久夢二氏は近く当市で作品展覧会をひらくはずで目下加州ホテルで準備中である。氏は「夢二式美人画」で知れてゐる程美人画に独特の境をひらいた画家で、アメリカ美人をも描いて出品するはずである。

とあり、夢二展の予報を載せている。その後も報道されていたろうが、七月四日にも夢二展について「入会者多数の　夢二画会　希望者は大至急申込む事」と見出しがあって

竹久夢二画伯の渡米を機に夢二画会が桑港で組織されたが流石知れわたつた夢二の画だけに申込み多数で画伯は製作に忙しがつてゐる。

加州には僅日の滞在であるからなるべく早く希望者は申込まれたいとの事申込所は加州ホテル内の夢二会である。尚画伯は文芸家翁久允氏とともにあと一ケ月くらい北加に滞在しそれから南加から東部経由で渡欧の筈である。

とあり、他方で日付不明の記事だが、「夢二画会　早く申し込んで」との見出しがあり、サクラメント、スタクトン方面を旅行中である竹久夢二、翁久允両氏は昨日当市へ帰来した。旅装を整へ共に疲労も見せず画会のためにセッセと思ひを凝らして夢二画伯は絵筆に親しんでゐる。なほ同画伯の画会への申し込み者は加州館又は本社まで伝へられたい。

と夢二画会の応援は大変なものだった。また「竹久夢二画会後援会」の「趣意書」まで作成されていた。その内容は

在米同胞に親みある翁久允君は、今度、竹久夢二画伯と欧米漫遊の途上、この地にしばらく滞在されると云ふので、夢二氏の画風や詩歌から長い間感化を受けてゐた人達が茲に「夢二画会」を要望するやうになりました。夢二氏は、私達が、かれこれ紹介がましいことを申し上ぐる可く余りに有名です。二十余年前、「夢二式美人」を創造して以来詩歌に童話に童謡、彼独特の詩情をこめた作品を発表し、今日まで、五十余冊の画集や

詩集を出版しておられます。この、故国でたつた一人の人気画家であり、歴史的存在である夢二氏の揮毫を皆さんにおすゝめすることを光栄と存じます。同時に、同画伯が一日も早くフランスに滞在して、日本画壇の為めに気を吐かれんことを希望するものであります。

とあり、日米新聞社社長の我孫子久太郎を筆頭に一五名の発起人の名を連ねている。このように久允は何としても夢二画展を成功させて共に世界漫遊の途につくべく、あらゆる面から夢二支援を惜しまなかった。このように夢二のために画会を成功させるべく多くの友人たちにも加わってもらうように努力していた。同じような内容だが、久允の「御挨拶」という一文がある。その後半は「夢二画会」に触れているので左に挙げる。これもスクラップされたもので出典不明である。それは

夢二は多年、フランスに渡つて、彼自身の芸術を欧州画壇に捧げ、そして先人の画風を研究して来る希望をもつてゐましたが、いろんな事情がそれをゆるしませんでした。そして遂に私と旅を共にするやうになりました。これから二人は自由に視、そして考へる旅を続けます。こちらにつきますと、夢二の画風や、詩歌から感化を受けた人達から画会を催したらどうかと云ふことをすゝめられました。彼は喜んでそれを諾しました。そ

して有志の諸氏に依り「夢二画会後援会」が現はれました。私は、日本画壇に大きな足跡を残して来た夢二の画を、皆さんがこの機会に求められると云ふことは、いい紀念と思ひます。

千九百三十一年六月十五日

翁　久　允

とあり、久允は万全を期して夢二画会のために尽力していた。

(三) 在米同胞の日本文壇への進出の機運

このようにハワイ滞在中と同じように、歓迎会やら講演の日々の中で、いつも夢二画会成功は二人にとって最大の期待であった。これらとは別に久允自身の文芸面での期待が同胞たちから囁かれていた。それらの記事もスクラップされていて六月二七日の日付は判明しているが、他は出典不明である。そこには「在米邦人文芸家の　故国文壇進出　その第一歩として　日本で同人雑誌発行」という四行書きの見出しに

特異な環境に生活してその特殊な作品を創作しつゝ、ある在米邦人の文芸家が、故国文壇に乗り出すことは望ましい事であるが、最近故国文壇では題材を海外にとつた作品が多

く求められてゐるので在米の邦人にとつては文壇進出のよき時期であるが過日渡米した翁　久允氏がこの点につき是非在米の文芸家をして文壇に進出せしめその特色ある作品を以て文芸界に雄飛させたいといふのでその方法としてまづ最初日本で同人雑誌を発行し、これに在米の作家の作品を掲載して広くその価値を問ひたいといふ話しが出たので当地の文芸家連も大いに乗気になりその同人雑誌発行について近く具体案がたてられること丶なつた

という記事が掲載された。久允の発案のように書かれているが真偽の程は分からない。だが日付不明の「日布時事」には

米国では翁久允氏の渡米が動機となり、移民地文芸の日本進出と云ふ旗印の下に日本で雑誌を出す計画が進んでゐる

という記事が載っている。記事は続けて、雑誌は「二百頁見当」のもので「アメリカの実話的文学なり移民地生活創作（布哇の地方色のあるものも勿論）なり毎月五六篇も誌上に紹介する」とある。その後で無名作家ばかりなので知名文原稿も入れて「面白い雑誌」にしようと見込んでいる。久允がハワイで同人募集をしているとのことで「翁氏は」とあって

とにかく三十万以上の日本人が半世紀以上も布哇から米大陸にかけて生活しながら、

その中から文学の発生を見ないと云ふ事は残念である。この意味に於てアメリカ文学の紹介、移民地文学進出を旗印として奮闘するのも亦愉快である。と伝えている。これは久允の理想であって、日本の文壇、画壇の特殊性を夢二と語りあったこともあった程で、これは現実的には非常に困難だと久允は熟知していたろうと思われる。

一六 「沿岸太平記」――「世界漫遊」の顚末

(一)「日米」の紛争に巻き込まれて

「沿岸太平記」とは久允が夢二と再渡米していた在米中に連載した久允の随想である。それは「日米」の昭和六年八月二二日から一二月九日までの八二回の「沿岸太平記」と同紙の同年一二月一五日から翌七年一月二三日までの三六回の「続沿岸太平記」のことである。ここには久允がかつて在米中に記者として活躍していた日米新聞社の激しい労働争議に巻き込まれた体験の一部始終が描かれている。

前記してきたように夢二画展についての諸新聞や雑誌の記事は久允には非常に厚意的だったし、久允自身も懸命に夢二画展に協力し、「沿岸太平記」―に於いても旧友たちをたずね廻り、多忙の日々だった。そして「秋も末になつたら中部アメリカから東部をぬけ、そして大西洋を渡る支度にいそしんでいたとあり、「何もかも順調」だったと書いていた。さらに「みんなが、親切と厚意のありつたけを私に見せてくれた」と感謝の思いを披瀝している。
しかしその一方で懸念されたのは
　夢二の健康が面白くなかつた。それには私もこれからの長い旅の同伴者として、神に祈るやうな気持ちを抱く外なかつた。二人がそのやうにして、欧米の漫遊を果し、日本に帰つたら、新しい人生観の上に、日本を眺め、日本人を眺めやうとしてゐた。
と久允は世界漫遊の壮途を楽しみ、その後の「新しい人生観」まで想像して満喫していた。それほどに夢二画会にも旧友らの誠意にも万謝し、夢二も自分と同じ思いでいるとばかり信じ切っていた。ところが前記の「沿岸太平記」―の末尾に
　ところが私達を待ち伏せていた事件が、急激に私をおつかけて来た。上陸早々、きかされた日米新聞社の紛争が、終に、わたしまでもその渦中にまき込んで終まつた。これから書き続ける「沿岸太平記」は過去半ヶ月に於ける私の体験である。体験であるから批

判ではない。批判は読者の自由にまかせるより外にない。
と結んでいる。つまり日米新聞社の紛争に巻き込まれたのは、最も尊敬していた「日米」の社長我孫子久太郎への同情と恩義に報いたいという、久允の律儀さからくる一念だった。しかしそれは、これまでの夢二との深かった友情を逆転させ、奈落の底へつき落とされる結末を迎えることになり、夢想だにしなかった事態となった。「沿岸太平記」二に
私にも愛する日米社がこの機会に将来の基礎を保証することが出来たらと言ふ夢のやうな希望があつた。（8・23日）
と「日米」社の紛争を聞いた直後《ちょくご》の久允は純一無雑な思いで一杯だった。その後社長室で我孫子社長と対面した時には「可なり昂奮した」様子だったと書いている。
七月二三日に突然起こった「一記者の解雇事件」が発端となり、それが大きな紛争になった。同記事に事件勃発前の夢二のことが書かれてあった。これは「七月十九日」のことであった。
夢二画会のことで心配してくれてる山県は麦嶺《ばくれい》の自宅で私達二人に午餐《ごさん》のご馳走をしてくれた。夕食は小池氏の宅だつた。夕方、小池氏はわざわざ自動車で私達を迎へに来てくれた。その席上、新聞経営上のいろんな話から山県一流の新聞経営説が現れた。

（「沿岸太平記」五　8・26）

とあって、山県も小池も久允には厚意的に見えた。ところが「沿岸太平記」（三十一　10・19）に「九月十九日だつた。私は『沿岸太平記』の卅回目から八〇回までの草稿を毎日書いてゐた羅府都ホテルの一室を訪れたヘンリー島内は」とあって

今日桑港では我孫子社長が万策つきたのか、再び日米整理を小池さんに一任した。と聞き、「我孫子さんも弱り切つて居るらしい」とも聞いて「もし、山県が再び立つなら」と思い、「日米を愛し、我孫子さんを救助する心から一致して…小池老と呼号して、何か良き方法を講じたい心」から久允は山県に面会を求めたが、「彼は敵意満面で、私を見返した」とあり、また「仇敵」とされた、とも書かれている。

その前に久允は我孫子社長から紛争の一切をきいて、「敗我孫子久太郎はもう疲れきつてゐた」「二ケ月の不眠不休」とも書いている。「小池の誠意にのみたよる」という我孫子社長の言葉から嘗て親しかった山県はもや反我孫子派だと知り、我孫子と小池との関わりを「美しい事」だと思って久允はほっとする。続けて「沿岸太平記」（三十一　10・19）には

争議団復社とゝもに、ぶつりときられた。これからといふ処で無断できられた。

と記されている通り「沿岸太平記」は三十回（9・20）と三十一回、つまり九月二一日から

一〇月一八日まで「日米」紙は切られていて掲載されなかった。
その後の「沿岸太平記」六十二（11・19）は「十二日ぶり」の一文で、やっと夢二の消息が出てくる。久允は一二日間、日米紛争に没頭していたため、夢二を省みなかった。それは「七月二十七日」から、争議を離れた「八月九日」までの間だった。

思へば七月の二十七日ぶらりと桑港へ出たきりかえらなかつたのだ。十日余りの間、私は殆ど寝食を忘れて、以上述べて来たやうな道をぶらついて来た。

と書いて、その間、夢二とは一回会ったきりで、その時、夢二は日米紛争にある久允に対する「世間の評判」の悪いことを告げた。それを「移民地独特の気風で悪口雑言」だと久允は単純に書いているが、その内容は「沿岸太平記」二（8・23）に

七月二十七日……　妙なかゝり合ひから私も「旅烏」と罵られ「高等乞食」とまで言はれ更に「三文小説家」と嘲られた。そればかりでなく何のかゝり合もない同伴者の夢二までが「日本を食ひつめて来た絵かき」と言はれた。

とあるように紛争に関わった、その日から右のような罵言が飛び交うほどの犠牲を久允は払っていた一二日間だった。こうした間であっても

夢二がこの移民地の誰よりも私を信じてくれるに違ひない

と久允は夢二に対して単純に思い込み、疑いもせず、「五六年もの過去が吾等に築いた友情は互ひに話し合へば何もかも解るものと思つてゐた」と何の疑念も抱かなかった。

しかし夢二は久允が「日米社に這入つて支配人にでもなるだらうと云ふ悪宣伝を信じてゐるかの如く見えた」と思っていた。その夢二は旧思想の我孫子についている久允を批判していたのだが、久允の方は、ただ苦しめられている我孫子社長を「何とかよい方法がないか」と案ずる気持ちから必死に関っていただけであった。

（二）夢二との決裂

久允はかつて在米中に深いご恩義を蒙っていた日米社長の我孫子久太郎氏が「日米」紛争のためご老体でありながら余りにも苦しめられている現状に接し、何とかしてお救いしたい一念からわが身を忘れて、その紛争に飛び込んでしまった。そのため肝腎な夢二との「世界漫遊」の旅のことは忘れていたわけではないが、夢二への配慮を怠っていた。それは夢二を信頼し、夢二も久允を理解してくれているものとばかり思い込んでいたからであった。ところが夢二には正当な信念もなく、人に対する信頼感が欠如していた。何のためにアメリカへ来たかという根本的な思慮を忘れて目先の言動にのみ心が走った。それ故に久允の純粋な気持ちから我孫子社長を救助しようとする純一無垢な思いなどは理解できなかった。そんな夢二の本性を見抜けなかった久允にも反省せねばならぬ落度があったと言えよう。

日本出港以来久允は二人の「世界漫遊」のために懸命に尽力してきた。しかし夢二は、この久允の一切献身的だった思いなど全く無視したかのように、今はただただ眼前の反我孫子側の「日米」の社員らから聞き出した久允に対する悪宣伝のみを真に受けていた。その上我孫子を旧思想の権化のように罵り、久允がそれに乗せられているような口吻で罵った挙句、自分は体の調子が悪いからモントレーへ静養に行きたい、と言って三百弗の金をくれと言い出した。これは当時として大金であった。それまで夢二画会のために費やしてきた費用や二人の生活費にも金がかかっていた。その支出など夢二は全く考えようともしなかった。久允から金をせびることとしか知らない夢二は、それまでずっと久允が立て替えてきた金の清算なども思っていなかったようである。

考えてみれば久允が我孫子社長のために奮闘したのは一二日間だけであった。久允は八月九日に、やっと日米争議から解放されて久しぶりにゆっくり休んだ。この紛争のためにそれまで親友としてきた人達も反我孫子側へ廻り、その人達が夢二を唆していることも次第に分かってきた。

ハワイでの歓迎ぶりは二人にとって有難かったが、アメリカ本土に来てから暫らくは歓迎されたが「日米」紛争に巻き込まれてから久允は不運続きであった。しかし曾ての旧友たちの中には久允を理解して快く迎えてくれた人々もいた。米本土に上陸早々から夢二画会のために久允は懸命に働いていたが、夢二は次第に絵を描かなくなってきた。折角買ってくれるという友人の厚意を無にすることすらあった。日本でもまた船中でも交わした久允との約束ごとなど忘れたかのように、夢二は横柄な態度で話すようになってきた。「沿岸太平記」六十四（昭6・11・21）には

自分の有名だつた若かりし過去の日本の華やかなことが、いつも彼の頭に来てゐたらしかつた。展覧会でもやつたら、有名な自分の画が忽ち飛ぶだらう位に想像してゐたらしかった。それは、こちらの事情に余りに暗い証拠だった。それでも私は彼の虚栄心を満足させんために、彼の思ひに叶ふことをあとに残して進もうとした。

と書いている。しかし此の頃は世界中を襲った大恐慌の波がアメリカにも押し寄せていた。日本を出発した時はそんな時世ではなかったが、今は夢二の絵を売った資金で「世界漫遊」するという計画は甘い夢となっていた。さらに

来て見ると不景気だつた。画どころの騒ぎでなかつた。また夢二の画も、こちらの人達

には過去のものだつた。私は一人として画を欲しいと云ふもの丶ない世界を、困難な山道を開拓する工夫《こうふ》かなんぞのやうな気もちで奔走した。

と書いており、「何にしても画は売らねばならなかつた。……私は行商人の姿を私に描きながら、疲れ切つた時は涙さへ出さうであつた」と書いており、さらに

夢二は画家と云ふ「先生様」らしい気位で、アメリカ流のヘッドから見たら図々しい東洋風のにがりきつた態度を改めなかつた。

とも書いている。こんな久允の苦闘など夢二は想像だにしなかった。それでも久允は苦情などひと言も言わず、多くの友人達に夢二の絵を買ってもらうために頭を下げていやな思いをしてきたことを時折思い返してみた。それでもまだ夢二を信じていたが、念のため夢二画会をするので、夢二の絵の置いてある場所へ行ってみた。

ところがそこには一五、六軸はあるはずだと思って行ってみると、何もなかった。配布する約束になっていた物の金だけ集めたまま、さらに先日、モントレーへ行くと言って取って行った金も凡て始めから騙すつもりであったと久允は、このとき此処に来て初めて知った。日本を発つ前から、そしてハワイ、アメリカへ来てまでも一切の費用は凡て久允が出費してきた。それが当然のように思っていたものか。それまでに千ドル近くの金が使われていた。

そんなことは夢二の念頭には全くなく、自分の名声のみを強調して苛立っていた。

夢二はアメリカへ来たら、世界に赫々たる名声を放つてるだらうところの自分に対する万国人は、芸術家に対する礼儀をもつて、賞讃の言葉と、歓迎を投げてくれるだらうことを夢みてゐた。

と久允は夢二が昔日の夢を追い、さらに夢二展を開けば
　三哩も四哩も世界中の人が夢二の絵を見たさに続く。東洋の「大芸術家夢二くる」で騒ぐ。彼は雲上のアーチストとなつて下界に君臨する。絵画の大小がエンゼルのやうに四散する。巨萬の財は水のやうに流れ来る。彼は王者のやうな気もちを充溢して、芸術の都、巴里に入る。

こんな夢想が現実になるものとのみ夢二は考えていたようだと久允は思ってみた。そうした夢想に溺れていた夢二は久允が懸命に旧友たちを頼って「画を売り歩く」行商的な手段を蔑視し、卑俗極まるものとして久允に厭味ある暴言さえ吐くようになっていた。

　しかし、アメリカは夢二を知らなかった。在米同胞らは夢二を尊敬する道を知らなかった。その上アメリカは不景気であった。そんなアメリカの状況を夢二はどこまで把握していたか分からず、久允が我孫子社長に同情したことで、反我孫子側の人達から「夢二と久允」を名

ざしで「争議団ニュース」では「日本を食ひつめて来た夢二」と言い、さらに「翁なんかと一緒に歩いたら、一枚の画だつて売れやしない」と面と向って言ったものがあったらしかった（「沿岸太平記」七十九（昭6・12・6））。このようにして喧嘩を吹っ掛けるようにして迫ってくる連中もいた。その中に入って夢二は踊らされ、反我孫子側の人々に加勢して久允を批判するようになってきた。彼等は久允と夢二の「世界漫遊」の計画は知ってか知らずか、夢二は久允との友情よりも眼前の反我孫子派連中の口車に乗せられて利用されていることに気付かずに、久允を裏切ることになった。我孫子社長のために尽してきたことが、夢二との訣別となり、二人の夢は遂に崩れたのである。

(三) 在米同胞への久允の熱い思い

夢二と久允は昭和六年の春、華やかな夢を一年後の帰国時に描いていた。久允は在米生活の体験から、この西海岸で夢二のために、自分のために「如何になすべきかに就いて、最も賢明な道を選んだ」つもりだったが、二律背反の現実となった。渡米前に二人で交した約束はハワイでは比較的平穏で、米本土に着いてから始めは好意的な歓迎を受け、夢二の画展もあちこちで開かれ、多くの紙上を賑わせて幸運のように見えた。

しかし恩義ある我孫子社長の急場を久允は放置できず、日米紛争に巻き込まれた。そこから夢二の久允批判が始まった。人の誠意や恩義に報いることを知らず、すべてが自己中心的だった夢二は「自分だけが芸術家で、翁は俗物」だと思い込むようになった。夢二には我孫子社長への久允の報恩の忠誠心など到底理解できなかった。また夢二のために「悪戦苦闘」している久允の努力など夢二には全く考えてもいなかったようである。

大正一三年、帰国して以来、在米同胞と別れてからの八年間の思いと、この度の夢二同伴の純粋な思いが、失敗へと転落してゆく経緯を久允は思い返してみた。

私は私の郷土以上に沿岸を愛し、郷土人以上に在米同胞を愛して来た。誰の顔を思ひ浮かべても、笑つて握手したい人達ばかりだつた。その為に私は、同胞の生活から、この特殊な生活環境から人生の何物かを掴みたいと、私の過去の仕事の上で、いろ〳〵考へて来た今度の旅行も目的はその研究が大半でもあつた。

（「沿岸太平記」八十一「日米」昭6・12・7）

と書いているように在米同胞らに対して純一無垢な久允の思いだったが、反我孫子側は、久允のことを、「夢二をつれて『同胞の懐をねらひに来た』と、ニュースが言ふ」と批判しこんなに非難されても久允は

私は夢二の絵は、価値のないものとは思はなかつた。彼の絵の特長も知つてゐればコスモポリタンらしい気もちにも共鳴してゐた

と書いているが、

しかし二ケ月あまりの旅の生活に、彼がある性格破壊者であることを認識すると、私の考及同情にも多少の狂ひが来た。

とも書いている。反我孫子側の連中は久允の悪口を沢山書き立てていたようである。それに乗せられて夢二は久允から金を無心したり、暴言も吐くようになってきた。

久允はこの度の渡米に際し、いくら夢二との「世界漫遊」の意気が投合しても、夢二と同行することを反対して久允を案じてくれた友人たちの言葉を客観的に受け止めて慎重に熟慮すべきであった。夢二という人物の過去を検討すべきであった。一般的な常識人だと考えていたところに久允の大きな誤算があった。

姿を暗ましていた夢二をやっと探し当てた時の、その表情を

パイプなんか啣へて、憂鬱な表情で、この遠来の客を、迷惑相に見あげたまゝ、笑ひの色も浮べなかつた。それは、何処からか帰つて来た犬ころでも見やるやうな態度だつた。

（「続沿岸太平記」十一―「日米」昭6・12・25）

と久允は書いている。さらにまたそれまでに立替えてきた金の分の絵を少しでも欲しいと久允は言ってみたが、夢二にはもはや取り付く島がなかった。夢二は反我孫子側について久允の悪宣伝をしている男に絵を渡すという。その男が夢二の後援会を作り、渡欧費用も出してやるという甘い言葉を信じていた。結果的には、その男に騙されて絵は取られたまま、渡欧費を出すどころではなかった。久振りに夢二と逢った久允は、さらに

「ぢや、勝手にしろ！」

私は、もう斯うなつたら夢二の為めに倒されることを覚悟した。そして、彼が過去、何年間、斯う言ふやうなやり方で日本を渡り歩いて来た姿を描いた。こんな男だつたんだ。……それは私の不幸であり不賢明であつたのだ。が、まだ、私はこれで死ぬのぢやない。人に倒されても倒しさへしなければ、人生は愉快だ。このあとは何とかなるだらう。

と開き直った。その反我孫子派の男は久允が「私が夢二の為に金を使ひ果たしたのを知つてゐて私を苦しめる為に事情のわからかない夢二に吹き込んでるんだ。悪辣だとか、毒々しいとか世間から言はれる」通りだと久允は思った。

夢二の画を押へて、それでもつて、私を苛める戦術だ。彼の復讐手段は、こんな下等な手だ。『よし』私は、ある昂奮から私をとり返すと蔑むやうな眼で夢二を見た

と書いて久允は義憤を感じつつ「続沿岸太平記」十一は終わった。

続けて同紙の十三（12・27）では夢二との不愉快な会話が交されていた。夢二は久允を敵対視する反我孫子派の男らの味方となって久允を裏切った、その経緯について

私が日米争議に首を出したことは、いけなかつたかも知れぬが、それが為に私は目的を変更して居なかつたのだから其事情も詳しく懇談的に語つたのだ。それを蹴飛ばして、最後に山県をもつて私にぶつかつて来たのだ。

と書いている。右の「山県」とは前記の反我孫子派の男である。そんなことがあっても久允は未だ夢二のために、「私と別れたら困るだろうとて羅府などでも、夢二が来たらよろしく頼むと、人々に言つて来てる位なのだ」とも書いている。

私は多年彼に寄せてきた厚意が一時は反対の方へ怒りを以つて向つてゆく私自身を感じたが、これ以上、口論もしたくなかった。

ともはや夢二に対して、何の見練もなく、引き返したのだが、その事情を知つた友人らは怒りを露わにして「そんな馬鹿な話があるもんか、これから引き返して、夢二をたゝきのめしてでも取つて来ようぢやないか。不都合だね」と熱り立つて、夢二のいる処へ行こうと頻りに久允を煽動していたが、「もう斯うなつた以上夢二の顔を再びみるのもいやだつた」と久

允はもはや夢二への献身は断念しようと決断した。このような夢二の行動は人間の常識から外れた天才意識の中でのみ生きる自己的な歩みであったと言えよう。こうした中でのみ天才夢二を捉えて同情し、その天才的画才を久允の力で再現させようとしたところに久允の大きな違算があったと言えよう。

(四)「悪毒い画家」夢二

「日米争議」は昭和六年の時点で「在米同胞五十年の歴史に於いて最も大きな波瀾の一つ」だったと久允は「続沿岸太平記」三十五(昭6・10・23)に書いている。「日米争議」の渦中にあった久允は当時を顧みて

いろ〳〵な人間としての欠陥が、互の誤解、曲解となつて雲を呼び風を起し、そして雨となるのだ。人間同士の争ひは、いつになつたらやむことか。

と書いている。それはまさに風雲児を目指した二人が勇躍「世界漫遊」へと旅立ったものの、その夢から転落して風雨に巻き込まれるような現実を眼前にするのだった。しかし一応「日米争議」は沈着したことから久允は夢二への不快さは拭われないものの、彼の出方を待つより他なかった。

夢二のやり方の無謀さに憤慨していた久允の二人の友人は前年（昭6）の「十月三日の午後」「モントレーへ行って夢二から私への約束の画を二十二点受け取って来た」。それを送ってきた。それを久允は内心聊かの希望を抱きつつ

この天才画家の画を、ある情熱と期待をもつて幡いたものである。

と書いているが、しかし全くの予想外な絵で、久允は愕然とした。その時の様子を更に

私達は一軸一軸と延ばしてゆくうちに、どんな画をみたか、その「為書き」してある一つ一つの画は、美人とか風景とか言ふ画題のものに醜婦の漫画や、ふざけきつた風景や、文句入りの中には私に対する弥次や非難を交ぜ、あるものには私の顔を漫画化したり、とても話にならない画ばかりだった。夢二はこれに依つて彼自身の卑しい心の復讐を私に試みてることを私は直《ひた》に観取した。つまり、金にならない画をもつて、形式だけ私に対する義務を果たさうとしてゐるのだ。斯う言ふ悪毒い画家だと言ふことを、私は初めて知つた。彼はこんな男であつたのかと、私は一種の淋しい気もちに襲はれたが、しかし腹が立つた。

と書き、その義憤は治まらず、さらに

これを以て夢二が、僕に対する義務を果したと言ふなら、受取っておいてもいい。し

かし彼は芸術家として良心が咎めないなら、僕は今までの金は捨て、もいいから夢二展覧会を開いて、声明書を発表する。更に日本の画壇文壇へも「夢二と言ふ男は、こんな男だと言ふことを公表する」と言つた。私はもう損も得もなかつた。人の金を使つて来て、途中で勝手な理屈をつけて私から去つて、その決算をすると言ふのにこんなことをする男だ。そのねぢ僻《ひが》んだ彼の性格を私は唾でも吐きかけたい気もちになつた。

とかなりの興奮状態の久允だった。後で二人の友人から、あの絵を描いた頃の夢二の心を聞き出すと

あれを描いた当時の自分の心理状態はあんな画しか描けなかつたと弁護したさうだがとある。これが夢二の本心であったとすれば、芸術家としての身勝手か、もっと複雑で深い心の葛藤であったか、或いは単なる口実に過ぎなかったか、やり場のない心痛の矛盾であったか、その後、二五日にその友人の斡旋により久允は遂に

今日二十二点の画を領収したることに依り今日までの貴兄に立て替へたる船賃其他一切の費用等の解決を致し今後何ら関係無之候也

という「一札」を夢二に送り、二人は絶縁した。

「続沿岸太平記」は三十六で終わるが、夢二のことは三十五が最後になる。

前記の「本の手帖」の「夢二と私」では、その後の夢二について、夢二は桑港にいたようで「彼が夢みたような幸運が来なかった」と書いている。また羅府へ行くと久允が「日米新聞の文芸欄を担当していた頃よく投稿して来た」女性の所へ夢二は「入り込んで二ケ月余りも居候して」「その女性から七十弗かをもらって渡欧したらしい」と書いている。さらに久允は

上陸後私たちは毎晩のようさかんに各グループに歓迎された。多くの友人で夢二を知っているものが殆どなく、「竹下ムジってどんな男だ」ときくものがあったほど日本では有名だったかも知れないが、移民地ではその存在さへ知らないものが多かった。

と書いている。また争議に加わる前の、夢二への尽力をさらに

何にしても早く片つけて、目ざすところはフランスだった。私は毎日朝から友だちに車を運転してもらって旧友をあちこちと訪ね、そして夢二の絵を頼んだ。誰もイヤだというものがなく毎日二十から三十と募って夢二にそれをさっさと描くように、と事務的にやった。初めのうちはせっせと描いてた。……私はワキ目もふらずに友たちを訪ねまわった。

と久允の懸命さにより始めは順調だったが、夢二は自分の絵に自信を持ち始め、もつと高く

売れると自惚れ始め、「何かコジれたように描こうとしなくな」り、その隙間を縫うように前記した反我孫子派の口車に乗せられた夢二の態度は一変してきた。結局二人の夢は無残にも破れ、久允はその翌七年の五月に帰国し、夢二は帰国後昭和九年に他界する。

「本の手帖」ではさらに帰国した年の一二月に「念願の印度仏跡巡礼を果たそうとして」準備していた頃、久允は偶然新宿で夢二に逢った。その時、台湾で展覧会をやると「淋しい笑顔を見せ」たので「しっかり、やり玉え」とだけ言って別れたと書かれている。最後に久允は夢二について

　　彼はアメリカと日本という今尚おシックリと調和出来ない二つの世界に繊細な神経が
　混乱したのであらうと思われる。

と書いて夢二への理解を無理に示しているように思われる。

このような夢二の行動は一般的な常識から外れた天才意識の中でのみ許される自己的な歩みであったと言えよう。こうした人間性を見抜けず、自己の意識の中でのみ天才夢二を捉えて同情し、その奇才に陶酔せんばかりに熱中し、その画才復帰できるものとのみ思い込んだところに久允の誤解と甘さがあったといえよう。

一七　年譜にみる夢二の一生

夢二の生活環境とその生き方を、世田谷文学館『生誕120年　詩人画家・竹久夢二展』（平16・10刊）と金沢湯涌夢二館『竹久夢二＝金沢湯涌夢二館収蔵品総合図録』（平25・2刊）記載の「年譜」と「日記」を見ながら書いてゆく。

夢二は岡山県邑久郡本庄村大字本庄一一九番の竹久菊蔵・也須能の次男として明治一七年九月一六日に出生、本名は茂次郎。姉、兄（夭折）、妹あり、岡山の小学校を経て、神戸中学入学したが中退して帰郷している。

明治三三年に一家は福岡県に転居。翌三四年の夏、一八歳で単身家出して上京した。

明治三五年、一九歳の時、早稲田実業へ入学を機に父親と和解した。新聞配達や車夫をしながら苦学していた。この年、藤島武二による第七回白馬会展に「天平の面影」を出品す。

明治三七年、二一歳、早稲田実業の同窓生三人と雑司ヶ谷の農家に間借りした。そのうちの一人を通して荒畑寒村を知り、急速に社会主義に接近するようになる。この頃のことを竹久はもともと洋画志望で、父親の命令でやむなく籍だけは実業学校においていたが、毎日白馬会の洋画研究所ばかり通っていたから、試験には落第するし国許から送金を断たれて大いに閉口していた。そこで、彼はそのころ流行の肉筆絵ハガキの製作を思ひ立ち、ハガキ型の画用紙に水彩で絵を描いて鶴巻町や目白周辺の絵ハガキ店に卸して、後日その売上を集金してまはつては生活費にあてていたのである。

（荒畑寒村『寒村自伝』（上巻）岩波文庫版　一九七五）

と寒村が書いているように、この頃の夢二は貧しいながらも、その才華は既に芽生えていた。また夢二自身も「私の最初の借金」（「現代」昭2・12）に「その頃、私は苦学生で月謝も食費も欠乏していた」と書いている。

明治三八（一九〇五）年　二二歳

三月早稲田実業学校本科三年卒業、四月同校専攻科に進学、六月四日の「読売新聞」日曜付録に投書した短文は竹久洦の筆名で「可愛いいお友達」が掲載され、一八日の「直言」二〇号にコマ絵掲載、二〇日の「中学世界」夏期増刊「青年傑作集」に夢二の筆名で投書したコマ絵（筒井筒）（第一賞）・「母の教」（選外三賞）が入選、七月に早稲田実業専攻科を中退、一〇月、此の頃神楽町三の六上野方居住、一〇月一日の「ハガキ文学」に懸賞募集絵葉書応募図案の一等入選し掲載、一一月一〇日の「ヘナブリ」創刊号に表紙、挿絵を描く、二〇日の「中学世界」冬期増刊「菊花壇」に「亥の子団子」（第一賞）、「迷ひ子」（選外佳作）・「雪の夕」（選外佳作）掲載。このころ「中でも竹久君は実業学生でもやはり早稲田と云ふところから、先生は特別に庇護されたやうであつた」（中村星湖「青年時代の夢二君」―「本の手帖」昭37・1）とある「先生」とは島村抱月のことで、若い夢二は島村抱月の恩恵を受けていたことがわかる。◎新聞／雑誌の作品四点以上。

明治三九（一九〇六）年　二三歳

一月二二日「東京日日新聞」月曜文壇にコマ絵（本郷座の春芝居）掲載。二月五日の社会主義運動の中央機関紙「光」六号以降、筆名「夢二」で反戦的内容のコマ絵を多数掲載。三〜四月「法律新聞」紙上に「日比谷焼討ち事件」公判の法廷スケッチ（コマ絵）を掲載。一一月一日、岸たまきは早稲田鶴巻町に絵葉書店つるやを開店した。五日、夢二は早稲田鶴巻町の絵葉書店つるやを訪ね、たまきと初対面する。一〇日の島村抱月編「少年文庫」壱の巻は早稲田文学社より刊行、表紙の装幀、口絵、絵葉書ほか、六篇の文章と一篇の詩絵を夢二が担当した。◎新聞・雑誌の作品四五点

明治四〇（一九〇七）年　二四歳

一月に岸たまきと結婚し牛込区宮比町四に新居を構える。一月二二日の「日刊平民新聞」四号にコマ絵「いづれ重き」掲載、以降四月終刊まで多数のコマ絵、川柳・俳句を寄稿。二四日の「日刊平民新聞」第六号に「竹久夢二氏の結婚」という記事が出るほど、この頃の夢二は有名人になっていた。四月、読売新聞入社し、時事スケッチを掲載、四月、「日刊平民新聞」発行禁止、四月一一日「社会主義の詩」（編集発行人堺利彦）に夢二の短歌収録。一六日にコマ絵「品川の潮干狩」掲載。六月一日から二二日までの「読売新聞」に「涼しき土地」連載。房総から水戸・仙台・松島方面の案内旅行。七月の「読売新聞」に「足尾騒擾事件」に関するコマ絵を描く（七月六日、七月九日掲載分）。八月に下谷初音町四丁目一一〇に移転す。九月一六日、たまきとの婚姻届提出、たまきは夢二より二歳年上の二六歳。一一月一〇日島村抱月編「少年文庫」一の巻の文欄小川未明、絵夢二担当。

此の年の新聞、雑誌に二三一六点あり。堺利彦の「平民日記」（「平民新聞」12号）に

竹久夢二君の才も亦驚嘆すべきものである。平民新聞が此二画家を得た事は実に吾人の誇とする処である

とあって、事件の想像画を頼まれたことを記している。この「二画家」のもう一人は小川芋銭である。

此の年の「夢二日記」①の二月に

我とわが心を叱りつゝ中で灯を点してから絵筆を採つた、案外に興がのつておもしろくなりかゝつた所へ法律新聞から足尾銅山騒擾事件の想像画を画いてくれと言って

とあって、事件の想像画を頼まれたことを記している。三月、小川未明著『愁人』（扉）・白柳秀湖著『離愁』（挿画絵）。◎新聞・雑誌之作品一三一点

明治四一（一九〇八）年　二五歳

二月二七日、長男虹之助誕生、二月頃小石川武嶋町居住。七月、小石川関口町一四〇居住。一〇月、小石川関口水道町六六居住。夢二の「私の歩いてきた道」（「中学生」大12・1月号）あり。此の年の日記なし。◎新聞・雑誌の作品六九点

明治四二（一九〇九）年　二六歳

五月、たまきと協議離婚、離婚騒動の精神的苦痛と、その最中に受洗したたまきの感化によって、この頃急速にキリスト教へ接近す。七月一六日、讃美奨励会主催の全国クリスチャン雲上礼拝に参加して富士山へ登る。八月たまきを同行し再び富士山へ。一一月、麹町区飯田町の飯田館に下宿。一二月一五日、『夢二画集　春の巻』洛陽堂刊行、主に博文館系の雑誌に発表したコマ絵の版本の再編集、扉には「この集を、別れたる眼の人におくる」として、たまきへの献辞が記されている。浜本浩の「若き日の夢二」（「書窓」昭11・8）。河井酔茗の『酔茗随筆』（起山房　昭18刊）に

夢二が例の絵で売出したのは明治四一、四二年頃から大正初年へかけてのことで、その頃私は「女子文壇」の編集をしていた。碓崎（小島）菊子さんの紹介で、或る若い画家がコマ絵を描きたいと云つているが載せてくれないかといふ点で、夢二君の絵を紹介された。

とあり、夢二との関わりについて述べている。また夢二の絵の売れ行き上昇の情況について宇野浩二の『文学散歩』（改造社刊　昭17）に

あまり売れなくても、大した損はしないといふ程のつもりで出したのが、まつたく予想

外に売れたのが元で、それに気をよくして「春の巻」「夏の巻」と順に出版したのがますます売れて、ますます名声があがつた。

と夢二の人気全盛の頃の情況を書いている。この年の日記の一月二八日に「相馬御風君が…、近松秋江君が…」と当時の文人たちとの消息を伝えている。白柳秀湖著『黄昏』(口絵)、《富士登山》(富士登山時のたまきの姿を描いた作品)。◎新聞・雑誌の作品一三〇点。

明治四三(一九一〇)年 二七歳

一月、麹町四一番地倉島方に居住、離婚後、別居していたたまきと再び同棲す。二月、家族三人で暮らすため、たまきは八幡市枝光の祖母に預けていた虹之助を連れ戻して、麹町区山元町二の一七に居住。この頃神近市子は夢二宅に同居して家事手伝いをしながら女子英学塾へ通学。四月一九日『夢二画集　夏の巻』洛陽堂刊行、四月から五月にかけて京都から金沢へ旅している。たまきの故郷金沢では紀行文『壁をたづねて』(『夢二画集　旅の巻』)刊行。五月五日〜二一日に金沢の新川除町「基督青年会館」に宿泊、二〇日『夢二画集　花の巻』洛陽堂より刊行。

六月一〇日「中学世界」(13巻7号)に「私の投書時代」掲載、六月「月刊夢二カード第一集」つるや画房刊行。七月二三日『夢二画集　旅の巻』洛陽堂刊行。八月、たまきと千葉の銚子町鹿島へ避暑に行き、そこで知り会った「お島さん」（長谷川カタ）を恋し、その想い出が後の「宵待草」の詩となる。九月二〇日の『夢二日記』（長田幹彦編）に

るすに巡査来れり。

笑ふべきか、なほ社会主義者とおもへるなり、余の心は

ちひさき日本にあらず、芸術の国なり。

とあって芸術家としての自己を誇示している。この年は大逆事件の前年だったので夢二には社会主義の嫌疑がかかっていたのであろう。一〇月二三日『夢二画集　秋の巻』、一一月二二日の『夢二画集　冬の巻』、二八日の『さよなら』。一二月一〇日の『小供の国』は、何れも洛陽堂刊行。

◎此の年の六月頃より大逆事件による社会主義者一斉検挙の余波を受け、かつて平民社に関係した夢二の身辺にも警察が訪れたようである。巌谷小波編　世界お伽文庫17巻『山の神』前編の装幀・挿画あり、他一冊の装幀。◎新聞・雑誌の作品一三〇点。

明治四四（一九一一）年　二八歳

一月、牛込区五軒町居住、二四日、大逆事件により幸徳秋水ら一二名処刑された（「私が知っている夢二」神近市子―「本の手帖」特集・竹久夢二第3集　昭42・4）。二月、地方青年団機関誌「良民」の表紙を担当す、これは明治四四年二月創刊号～四五年八月まで。二五日『夢二画集　野に山に』洛陽堂刊行。三月二六日『絵ものがたり　京人形』洛陽堂刊行。四月早稲田文学社（島村抱月主宰）の装飾美術展覧会に出品している。五月一日、二男不二彦誕生。六月二六日、共同画集『都会スケッチ』洛陽堂刊行。夏、府下大森山王台二五六二に居住、夏の終わりころ、下谷区桜木町上野倶楽部に住む。八月二九日より九月六日まで犬吠埼へ旅行。九月「月刊夢二ハガキ」シリーズはつるや画房刊行、つるや画房はたまきの兄が経営、大正九年第百二号まで発行す。一〇月一日『桜さく国　白風の巻』洛陽堂刊行。一〇月の「女子文壇」に「夢二論」（岡田三郎助・中沢弘光・岡本一平・大下藤次郎）あり。一一月二一日『夢二画集　都会の巻』洛陽堂刊行。一二月二〇日『コドモのスケッチ帖　活動写真にて』洛陽堂刊。五冊の装幀。◎新聞・雑誌一〇一点。

明治四五・大正元（一九一二）年　二九歳

二月二四日に『コドモのスケッチ帖　動物園にて』・『桜さく嶋　春のかはたれ』洛陽堂刊行。三月二一日の夢二主宰雑誌「桜さく国　紅桃の巻」洛陽堂刊行。四月二四日『桜さく島見知らぬ世界』洛陽堂刊行。六月一日、雑誌「少女」誌上に「さみせんぐさ」の筆名で「宵待草」の原型詩を発表す。七月京橋区佃島高等文士下宿（海水館）に寄宿。七、八月京都の堀内清宅に滞在し、奈良探訪。秋、夢二、たまきは牛込区喜久井町へ移る。一一月二三日～一二月二六日に京都府立図書館で第一回夢二作品展開催（一二月、大阪展）。一二月五日～八日、大阪・心斎橋大丸呉服店で夢二六作品展覧会開催（「現代の洋画」第10号）巌谷小波著『お伽パラダイス』（装幀）、他四冊の装幀。◎新聞・雑誌之作品一一六点。

大正二（一九一三）年　三〇歳

一月、「大阪朝日新聞」元旦号に「新機」を描く、一日～八日、宇治花屋敷の山本宣治宅に滞在、二月、府下戸塚村源兵衛五九に居住。二〇日～三月二〇日、第二回光風会展は上野竹の台陳列館に装飾画四点を出品。三月二〇日、日本橋三越呉服店美術部の第三回洋画小品展覧会に出品（「東京日日新聞」3・22日付ほか）。四月一三日から一七日、大阪大丸で第三回展覧会開催（「現代の洋画」第14号　大2・3）。九月、夢二画会を中沢弘光、岡田三郎助、島村抱月らにより組織し、夢二の作品を分けて渡欧の資に供する企画を立て洛陽社刊行（「八月の美術界、夢二画会」―「現代の洋画」18号、大2・10）予定だったが、この洋行計画は第一次世界大戦勃発により施行されなかった。一〇月、戸塚村戸山新道一八に転居。一一月五日、最初の詩集『どんたく』（実業之日本社　恩地孝四郎装幀）刊行し、「宵待草」を現行の形で発表す、二〇日に三越の工芸美術展覧会に出品す。一二月一日、『昼夜帯』洛陽堂刊行。徳田秋声著『めぐりあい』（装幀）他五冊の装幀。◎新聞・雑誌之作品一一四点。

大正三（一九一四）年　三一歳

一月、たまきと画会のため、岡山へ行き、のち大阪、京都、名古屋旅行。七日、『夢二エデホン』岡村書店刊行、一〇日に岡山市内山下カフェーパリにて竹久夢二外遊記念展覧会あり、一五日、県立岡山中学校にて絵画談話会開催（「スケッチ帖より」―「山陽新報」大3・1・17）、四月、有楽座で美術劇場の秋田雨雀の「埋もれた春」の夢二の舞台背景が評判になる。一〇日、『草画』、岡村書店刊。五月頃、雑司ヶ谷亀原二六に転居。六月一日、セノオ新小唄「カチューシヤの唄」を装幀、芸術座の舞台人気と相俟って好評を得る。夏、那須へ旅行。七月一一日、福島、郡山へ旅行。一〇月一日、日本橋呉服町「港屋絵草紙店」を開店し、たまきを女主人として評判になる、この港屋で日本橋の紙商の娘笠井彦乃と知り合い恋仲となる、二一日、『縮刷　夢二画集』洛陽堂刊行。二六、七日、第一回港屋展覧会開催（他六名）。一一月、神田区千代田町二八へ転居。高須梅渓著『近松の人々』・『源氏の人々』（装幀）他三冊の装幀。◎新聞・雑誌の作品五三点

大正四（一九一五）年　三二歳

一月一四日、富山着、たまきの姉の嫁ぎ先の富山市の総曲輪の水上病院に逗留、午後、水上の案内で新聞社巡り、一五日に泊町の小川温泉に泊まる。二〇日、『草の実』実業之日本刊行。二月四日、泊海岸にたまきを呼び寄せ刃傷事件起こす。一〇日〜一一日、夢二画会作品展覧会を泊町小川温泉にて開催。三月二日に富山市桜木町渦巻亭にて夢二展のための作品制作に専念、七日に桜木町の渦巻亭にて竹久夢二作品展覧会を開催した。四月一日に婦人之友社から雑誌「新少女」創刊の編集主任に河井酔茗、絵画主任に夢二、終刊まで投稿読者に絵画指導す（羽仁説子「夢二さんのおもひで」—『子供之友原画集1　竹久夢二』婦人之友社一九八六年）。四月、府下落合村丸山三七〇に居住。五月、先年より港屋に出入りしていた

笠井彦乃と結ばれる。六月ごろ市外高田村雑司ヶ谷大原に住む。八月五日に『夢二の絵うた』赤城書院刊行。これは『昼夜帯』の絵の部分のみを編集、装幀は夢二自装でないので、夢二と無関係の出版物という説あり。九月三日、『絵入歌集』植竹書院刊行。一〇日に『三味線草』新潮社刊行。一二月二〇日に『小夜曲』刊行（恩地孝四郎装幀）・伊藤白蓮著『踏絵』（装幀）・吉井勇著『祇園歌集』（装幀）・長田幹彦著『鴨川情話』他四冊の装幀。他に「新潮社版情話新集シリーズ」の五冊の装幀。◎新聞・雑誌の作品五六点。

大正五（一九一六）年　三三歳

二月下旬に三男草一誕生。三月一日に港屋にて雛祭に寄せる展覧会開催（「美術新報」15巻3号　大5・3）、五日に『ねむの木』実業之日本社刊行。四月、露西亜の眼の不自由な詩人エロシェンコ、秋田雨雀と水戸へ講演旅行す、四月頃から昭和初期にかけてセノオ楽譜の表紙約二七〇点、作詞二四点を手掛ける（秋田雨雀の『竹久夢二の思ひ出』・『竹久夢二見せらない日記』昭32　組合書店刊）。一八日、セノオ楽譜第一二番「お江戸日本橋」（セノオ音楽出版社刊）の装幀を手懸ける。以降昭和に至るまで約二七〇余点の楽譜装幀を担当し、人気を得た。七月七日、平等院訪問す。八月一四日、長野へ向かう。八月一四日～一六日「信濃毎日新聞」（大5・8・13）に「長野市在住青年同好者は青年画家として好評嘖々たる竹久夢二氏を聘し一四日より向ふ三日間大門町クラッカー店後、二階に於て同氏作品展覧会を開催して併せて……何れも夢二氏の意匠になれるものなり」とあり、夢二の好評の現実が記事になっている。一九日〜二一日に上田町横町旧壽楼で展覧会開催。二二日に『夜の露台』千章館刊行、二四〜二五日に夢二氏草画展覧会を松本市商業会議所にて開催。一〇月、下渋谷伊達跡一八三六へ不二彦を連れて転居する、「美術新報」（15巻12号　大5・10）に「竹久夢二氏は市外渋谷伊達跡へ転居せり、従て港屋も同所に移り当分続くる筈」とあり。一一月二〇日、単身京都へ移り堀内清の元へ身を寄せる。一二月、たまきは港屋売却のために奔走、買い手つかず。一三日『暮笛』三陽堂刊行、一七日にたまきは出奔、守屋東の尽力により不二彦は京都の夢二の許に、草一は養子に出され、事実上の一家離散となる。吉井勇著『黒髪集』長田幹彦著『埋木』、他の四名の著書装幀（新潮社版情話新集シリーズ）五冊の装幀。◎新聞・雑誌の作品四四点あり。

大正六（一九一七）年　三四歳

一月に前年暮れ、たまき失踪のため次男不二彦が京都より来る、虹之助は夢二の祖父母の許に、章一は俳優河合武雄の養子となる。二月一日、京都の清水二年坂の借家に不二彦と二人（愛称チコ）暮らし、不二彦を連れて室津、岡山へ旅行す。二月、不二彦を連れて室津、岡山へ旅行。四月、京都市高台寺南門鳥居脇に転居す、五月五日に夢二と吉井勇著『新訳絵入伊勢物語』の装幀を手懸け、本書は夢二装幀本の代表作と言われた。一五日『春の鳥』雲泉書店刊。五月一二日『宵待草』が芸術座第二回音楽会に於て牛込芸術倶楽部で初演奏。六月に彦乃は京都に到着す、夢二は不二彦と彦乃と三人で高台寺の家に住む。八月一一日、彦乃、不二彦と共に京都出発して北陸方面へ、一二日、山中温泉滞在、一四日に粟津温泉法師温泉滞在、一六日に彦乃と不二彦を粟津に残し金沢の画会準備のため京都へ戻る。この時、友人が楽譜により歌った「宵待草」が気に入り、以後舞台上演される。二二日に京都より粟津へ戻り彦乃たちと合流する、二五日〜二九日金沢の藤屋旅館滞在、二九日に福井県三国に向かうが途中で不二彦発熱す、三一日まで芦原温泉滞在。九月二日に不二彦は金沢西町の岡本小児病院入院、九月一五、六日、夢二抒情小品展覧会を金沢市金谷旅館開催、七百人以上の観客で好評、彦乃も「山路しの」の名で出品、地元新聞に「新進の閨秀画家」と紹介された。二二日に不二彦の退院を待って母衣町の「登喜和」で竹久夢二・山路しの（彦乃）の歓迎会開催、二四日から一〇月一六日まで三人は療養を兼ねて金沢市郊外湯涌温泉の「山下旅館」に逗留す。一〇月五日に不二彦に「絵入りのすばらしい」「いろはがるた」を作る、七日に山下旅館の露台に立つ彦乃を描く、一六日の朝九時ごろ人力車で市内に戻る、一七日午前一一時頃の汽車で京都に戻る。一二月二二日〜二四日に羽子板の会展覧会を京都市縄手新橋北小品堂にて開催。吉井勇著『祇園双紙』、他二冊の装幀。◎新聞・雑誌の作品二五点あり。

大正七（一九一八）年　三五歳

一月九日に展覧会開催のため岡山へ、一八日に芸術座と岡山劇場で公演、二一日に岡山商業会議所にて竹久夢二の歓迎会あり、二五、六日に竹久夢二抒情画展覧会が岡山市富田町北部基督教会にて開催。二月三日、夢二作品展覧会を後楽園鶴鳴館にて開催。三月四日に高台寺の家に彦乃の父親が来て彦乃を東京へ連れ戻す、この頃、与謝野晶子や茅野雅子らによる女流歌人の短歌会「春草会」が結成され夢二をはじめ芥川龍之介、吉井勇らも出席した。四月一一日〜二〇日、竹久夢二抒情画展覧会を京都府立図書館にて開催。一六日に彦乃は夢二展会場へ、京都の夢二の許へ戻る。五月一八日竹久夢二抒情画展覧会を神戸市山手通キリスト教青年会館にて開催、二〇日に夢二作詞の「宵待草」はセノオ楽譜シリーズとして発行され巷の人気を得る。七月一〇日『青い船』実業之日本社刊行。

八月六日、不健康の彦乃を残して不二彦を伴い九州へ、一二日から佐賀県唐津より長崎島原へ、下旬に彦乃は夢二の後を追って京都を発つが、病状悪化し別府で静養。九月二四日、別府日名子旅館にて夢二画会開催、九月末に彦乃京都東山病院に入院する、父親の監視下に置かる。九月二〇日、セノオ楽譜『宵待草』（作詞、表紙絵）出版され流行する。二四日、別府日名旅館にて夢二画会開催。九月末、彦乃の病篤く、面会謝絶となる。一一月中旬に夢二は東京へ戻る、恩地孝四郎宅に一時滞在後、本郷富士屋ホテルへ、一八日に短歌結社春草会に出席し始める。間もなく本郷菊屋ホテルに移り、アトリエ兼住居とする。年末に彦乃は東京お茶の水の順天堂に入院し面会謝絶となる。長田幹彦著『祇園夜話』『埋木』『続金色夜叉』他四冊の装幀。◎新聞・雑誌の作品一八点

大正八（一九一九）年　三六歳

二月一〇日『山へよする』（新潮社）刊行、彦乃（愛称やま）への恋歌集、冒頭に与謝野晶子・伊藤燁子・茅野雅子の歌を収録している（「山へよする」の会─「文芸倶楽部」大8・4）、春頃から菊富士ホテルの夢二の許にお葉（本名佐々木カネヨ）はモデルとして通うようになる。

三月五日に春草会主催による「山へよするの会」を東京の萬世橋のミカドで開催し、出席者八〇人、そのうち三〇人は女性であった（「『山へよする』の会」―「文章倶楽部」大8・4）、一〇日『露地の細道』（春陽堂）刊行、一五日～二一日、女と子共によする展覧会を日本橋三越にて開催（「三越」大8・6）、二一日『夜の露台』（春陽堂）刊行。六月一四日、お葉と不二彦をモデルにした作品（母へのノスタルジア）完成、一九日『さすらひの唄』の版権侵害でつるや画房店主と夢二は詩人白秋や作曲家により訴えられた（「読売新聞」大8・6・19）。七月一三日「歌時計」（春陽堂）刊行。八月一〇日『夢のふるさと』刊行。九月一二日～一四日に「東北文芸協会主催の「夢二抒情画展覧会」は「福島県会議事堂」開催、一四日の最終日には約二千人の入場者で盛況を極め初日に七〇点が直ちに売却となった（「福島新聞」大8・9・15）。一〇月三一日『たそやあんど』（玄文社）刊行。一一月一日から大九年四月（全156回）まで「時事新報」連載の久米正雄の「不死鳥」の挿絵担当す。一一月三日から六日までの「読売新聞」に第一回図画創作協会展を見た感想を記す。一五冊の装幀。◎新聞・雑誌の作品一九一点あり

大正九（一九二〇）年　三七歳

一月一六日に彦乃、順天堂にて死去、享年二五歳、当日の「夢二日記」3には
　十六日　夜電話、昌ちゃんから。朝九時に死んだとしらせる。駒込、光林寺
とあるだけで、彦乃について書かれていないが、遺骸は本郷区蓮莱町高林寺に埋葬された。二月、長崎の風物と女性を描いたシリーズ「長崎十二景」を制作す。夏、西出朝風親子と共に相州三崎に過ごす。九月、この頃から「長崎十景」に続くシリーズ「女十題」の制作着手し一年経て仕上げた。何れも大正期の代表作。一〇月「日本に於ける最初のロシア画展覧会」を見る。会場に居合わせた普門暁がブルリユークとパリモフに夢二を紹介す、三〇日に『三味線草』アト版を新潮社より刊行。一一月二日から一〇年四月の「大阪時事新報」連載の入江新八著の小説「凝視」の挿絵が評判になる。田山花袋著『新しい芽』の他一一冊の装幀あり。◎新聞・雑誌の作品五八点

大正一〇（一九二一）年　三八歳

二月は画会開催のため山形県酒田へ旅す。五月は表現主義映画「カリガリ博士」の印象を「新小説」に挿絵と共に寄稿す。七月二五日『青い小径』尚文堂刊行、此の頃夢二は菊富士

ホテルを出て渋谷町中渋谷宇田川八五七にお葉と世帯をもつ。八月から一一月の三ヶ月ほど東北地方を旅する。福島県内各所で画会を催した。早稲田実業時代の友人で代議士の援助を受ける、一〇月三日から一一月三日までの福島美術倶楽部で夢二小品展覧会開催のことを「福島民報」(大10・10・31)には

開会前より非常の人気で迎ひいれられた竹久夢二氏の小品展覧会は……出品点数は軸物、屏風、額面等八〇点、何れも氏独特の持味のよいものばかり……中でも…郡山の某妓をモデルにしたといはれる「夜の女」などが評判である

と会の様相を伝えている。二二日〜二四日に会津東山温泉の新瀧旅館に逗留して、旅館の長女をモデルにして「置炬燵」を製作した。一二月中旬に福島を離れる。有島生馬著『嘘の果』徳田秋声著『断崖』の装幀、他七冊の装幀。◎新聞・雑誌の作品七八点

大正一一(一九二二)年　三九歳

三月三一日、山形県酒田逗留。酒田の後援者や取り巻きの芸者衆ら数名と象潟へ。この時の印象を画帳「象潟行」に。八月七日に不二彦を伴い富士に登山す。一二月三〇日『あやとりかけとり』を春陽堂より刊行。島崎藤村著『眼鏡』・与謝野晶子著『八つの夜』他七冊の

装幀。◎新聞・雑誌の作品七四点あり。

大正一二（一九二三）年　四〇歳

一月一五日『夢二画手本』一巻から四巻は岡村書店刊行。三月一五日～四月一五日にスケッチ短冊頒布会を企画す、これについて「竹久夢二氏　短冊頒布会　中渋谷八五七純正詩社にて百二十口限り。夢二氏のスケッチ短冊を頒つ」（「美術界」「東京朝日」大12・3・16）とあり。五月一日、恩地孝四郎らと「どんたく図案社」結立宣言、顧問に岡田三郎、藤島武二らの名あり。七月上旬に「どんたく図案社」の結成発足式を丸の内の帝国ホテルで催す。八月二十日～一二月二日の「都新聞」に夢二の自伝小説「岬」の連載始める。

九月一日、渋谷町宇田川の自宅は関東大震災に遭遇、スケッチ帖を片手に被災地を巡り、被災者とその生活を活写している（「夢二追悼」―「本の手帖」昭37・1）。また「どんたく図案社も実現不能となる。九月一四日の「都新聞」連載は一時休止し、その後「東京災難画帖」全二一回を一〇月四日まで描く。一二月二一日『どんたく絵本1』、二三日『どんたく絵本2』共に金子書房より刊行。五冊の装幀。◎新聞・雑誌の作品一一四点

大正一三（一九二四）年　四一歳

二月二〇日に『どんたく絵本3』を文興院より刊行。四月、不二彦は文化学院に入学。春頃「少年山荘」建設計画準備開始。五月八日に東京府荏原郡松沢村松原七九〇番地を、その地主と敷地賃貸契約を結ぶ、この頃夢二は「婦人グラフ」創刊号のモノクロ挿絵をやり、四号より表紙担当となる。夏の両国川開きに春草会例会は、夢二の図案による藍染めの浴衣を会員らが着用して尾形船で開かれた。八月五日に夢二設計の洋風アトリエ付住宅（少年山荘二四坪）上棟式あり。九月一日に震災一周年の東京を有島生馬同伴で散策している。一〇日『恋愛秘話』文興院刊行、一〇日～一〇月二八日に「秘薬紫雪」（全49回）、一〇月二九日～一二月二四日に「風のやうに」（全57回）を「都新聞」の「絵画小説」として連載した。島崎藤村著『をさなものがたり』他に六冊の著書の装幀。一二月に松原のアトリエ兼住居の少年山荘の費用は建築請負師に持ち逃げされ、その建築資金のため、一二月九日に少年山荘を抵当に八六〇〇円を半年間借用して建築した、一二九日の雨中に少年山荘（山帰来荘とも呼ぶ）へ引っ越し、お葉、長男虹之助、次男不二彦と共に住む。七冊の装幀。◎新聞・雑誌の作品二二三九点

大正一四（一九二五）年　四二歳

一月元旦、少年山荘で家族と共に迎えた。一三日に建築資金工面のため有島生馬に自作の屏風を売る。有島生馬よりもらった石で玄関を作る。一月一五日、下六番町の有島武郎邸の蔵の石をもらって、書斎入り口の階段を作る。一月一九日〜二五日、山荘内のクヌギの木を伐採し、木柵を作らせる。二月、鬼門除けとして鬼門に柳を植える。二月中旬から五月にかけて少年山荘の庭に熱心に植物を植え、後に山荘のシンボルとなる蔦を山荘の壁に沿って植える。此の頃、お葉と書生が関係して、そのため書生は自殺未遂を図り、お葉はショックで倒れ、四月四日から金沢郊外の深谷温泉で静養した。一〇日に『青い小径』（アト版）交蘭社刊行。五月、山田順子の著書『流るるまゝに』の装幀を依頼されてから二人は接近し、お葉は耐えられず家出する。この頃、順子の郷里秋田地方を共に旅行したことから夢二の所属する短歌グループの春草会の同人等は順子を非難し、この件に対して、夢二反省を促す声が高まり、これらがスキャンダルとなり、これまでの夢二の人気は一気に凋落していった。此の年の六月一〇日の「読売新聞」には

竹久夢二さん　拾年同棲の婦人と別れて女流作家山田順子さんと同居してちらほら噂の種蒔きをやつてゐる。……

とあって「夢二氏の夫人は手切金とかを貰って山中温泉かへ逃避行をやつてゐるといふ噂」とも記している。また「東京日日」(大14・6・21)には「捨てられた―恋のお葉さん飛び出した『和製ノラ』と夢二画伯の甘い夢」と前書きがあって

廿三歳のお葉さんは苦労をつんだ、だが彗星のやうな光を曳いた一新女性山田順子は現れて六年の愛は二人の間からさめてしまつた、お葉さんはさびしく去つて間もなくノラが乗り込んだ、芸術家の生活は要するに出し入れのはげしい抽斗のやうなものだ。

とあり、「婦人クラブ」(大15・1)にも「覆水盆にかえらずお葉さん又帰つて来ない今、少年山荘の明暮は二人の令息とのやもめぐらしに……世人の興味は、まだこの問題を去らないのであらうか!?」と結んでいる。山田順子著『流るゝまゝに』他四冊の装幀。◎新聞・雑誌の作品二八五点あり。

大正一五・昭和元(一九二六)年　四三歳

九月一日夕刊の「東京朝日新聞」二面に「恋愛を昔にながめて、仏国へ行く夢二さん　もう二度と帰らぬ積もりで……一切合財打ち捨てて」とあって

「夢二式の絵で一時鳴らした竹久夢二氏が近頃とんと世の中がいやになり、日本を辞職

し遠いあこがれのフランスへ一子不二彦君（16）と二人伴れで旅立ち彼の地に永住して二度と祖国へ帰らぬことに覚悟したといふうわさ、さてはと思ってとあって記者が「市外松沢村」の松原の家に行くと「もう準備最中と見えそこらにフランス語の会話早わかりといつた本までもころがつてゐる」とあり、その後に「何でも今製作中の絵入りの三部作が出来上がり次第不二彦君と二人で旅立つといふから遠いことではあるまい」という噂は流れているが、この年には一〇月一日の「読売新聞」連載の小説の挿絵、同月の松竹映画「お夏清十郎」の字幕意匠を担当してタイトル画を描いている。また一一月二四日に『露地の細道』（アト版）春陽堂より刊行し、一二月一五日に姉妹篇『童話　春』・『童謡　凧』を研究社より刊行。北原白秋の『からたちの花』他一二冊の装幀。◎新聞・雑誌の作品一七一点

昭和二（一九二七）年　四四歳

一月一五日に『夢二抒情画撰集』上巻、至文館より刊行する。二月の「若草」の「立春随筆　春の来る道」には「この一、二年、まだ武蔵野の面影を充分に残してゐる。この村に住むやうになつて、また私のなかに、あの道からくるものを待ちもうける心が思出される

……」と前年の記事とは裏腹な夢二の感慨が忍ばれる。三月一五日には春草会歌集『雑草』刊行の装幀を担当し、自選歌一六首と歌作に対する思いを載せた。五月二日〜九月一二日の「都新聞」に自伝画小説『出帆』連載する。一五日に『夢二抒情画撰集』下巻を至文館より刊行。この頃から少年山荘に出入りする少年少女らと共に試行錯誤から〈人形づくり〉を始める。吉井勇著『悪の華』の他に七冊の装幀。◎新聞・雑誌の作品二四六点

昭和三（一九二八）年　四五歳

一月一日に『露台薄暮』・『春のおくりもの』春陽堂刊行。春、市電の中で通院中の一七歳の少女（通称雪坊　岸本ゆき江、後に歌人宇佐美雪江）を見初めてスケッチのモデルにしたが、秋ごろ関係するようになり少年山荘に住み始める。この頃「週刊朝日」では当時著名な文人、画人を誘い、その場で即興の詩や歌、俳句、文を作る小旅行を父翁久允が主宰していた。その旅に久允はいつも夢二を伴っていた。その第一は六月一〇日で福田正夫等、麻生豊らと共に黒部峡谷を旅し、宇奈月の延対寺に宿泊。一〇月に信州富士見の高原療養所を訪ねる。翁久允著『道なき道』他三冊の装幀。◎新聞・雑誌の作品一一二点

昭和四（一九二九）年　四六歳

一月一日、長野県下高井郡安代温泉に滞在（「信濃毎日新聞」昭4・1・6）。二月七日の「週刊朝日」の旅は加賀の山中、山代、片山津の温泉めぐりに直木三十五、白鳥省吾等と共に。三月二三日の旅も群馬県の伊香保温泉に吉井勇、三上於菟吉らと共に、この時榛名湖畔に画室建設の構想あり。五月四日も長野県の戸倉温泉へ大泉黒石、安成二郎らと共に、六月の赤城山行は「翁久允とは」の昭和四年の項参照。七冊の著書の装幀。

昭和五（一九三〇）年　四七歳

二月二一日〜二三日に夢二とどんたく社同人による創作人形の展覧会、それは「雛」に寄せる展覧会で銀座資生堂で開催された。ここ数年来夢二が一心に手がけてきた人形作りを披露した。四月二〇日『青い小径』（アト版）香蘭社刊行。春、伊香保の塚越旅館に一ヶ月逗留して榛名山産業美術研究所の構想を錬った。五月、信州の松本へ、浅間温泉へ、「榛名山産業美術研究所建設につき」の宣言文を発表、この年、榛名山産業美術研究所建設の資金のため東北各県を廻る。六月〜九月に福島県各地で画会、作品頒布会を開催する。七月に会津若松に逗留、そこにいた芳賀テフを見染めてモデルとして作品を制作した、中旬には福島のホテル滞在。八月五日に「竹久夢二滞福展覧会」を福島市福ビル三階にて開催。八月中旬、山形県板谷五色温泉宗川旅館に赴く。九月一日『抒情カット図案集』文館刊行。一〇月一五日に新潟の酒造家の招きを受けて同地へ、その後、出湯温泉に逗留、出湯は良質な竹の産地で、夢二はお気に入りの竹細工に没頭する。沖野岩三郎著『ユートピア物語』の他八冊の装幀。◎新聞・雑誌の作品七八点あり。

昭和六（一九三一）年　四八歳

二月一五日に父菊蔵逝去、享年七九歳、三月二五〜二九日「竹久夢生渡米告別展覧会」は新宿の三越で開催。四月一〇日〜一二日「若草を愛する会」主催、若草・令女界両編集部の後援により「竹久夢二氏送別産業美術的総量展覧会」を新宿の紀伊國屋書店にて開催、一九日「嶋をたつ」（読者へ別れの挨拶）の一文を「若草」に寄稿する、二三日から二九日上野の松坂屋にて「竹久夢二告別展覧会」開催、二五日「竹久夢二翁久允海外漫遊送別会」をレインボーグリルにて開催、二八日から三〇日に群馬県内数カ所（富岡・高崎・桐生・伊勢崎）で研究所建設資金調達のため「舞踊と音楽の会」を開催する。五月三日「若草を愛する会」主催の竹久夢二画伯送別会を新宿の白十字階上にて開催。

五月七日に翁久允と秩父丸で横浜より出港、一四日ハワイのホノルル着、二九日に龍田丸でアメリカ西海岸へ向かう、六月三日に桑港（サンフランシスコ）着。八月七日、翁が「日米新聞」の労働争議に関わり社長側について解決を図ろうとし、夢二は労働者側の翁批判に乗せられ、このことについては前記した通りである。翁と絶縁した夢二は独自の制作と展覧会活動となる。九月二四から三〇日にかけてカーメルのセブン・アーツ・ギャラリーで個展開催したが「一毛も売れない」と記している。二冊の装幀。◎新聞・雑誌の作品二〇点

昭和七（一九三二）年　四九歳

二月二九日～三月一二日にカリフオルニア州立ロサンゼルス校教育学部ビルにて個展開催。三月一八日～二七日にサンピードルのオリンピックホテルで展覧会、作品三七点の他に扇子や短冊出品す。九月九日、欧州への出発前に当時日米時事新聞主宰で朝日新聞社特派員の坂井米夫に感謝の意をこめて滞在中の代表作（青山河）を贈る。九月一〇日にサンピードル港からドイツ汽船タコマ丸で欧州へ。九月二一日～一〇月三日に同じ船に乗船していたメアリをモデルに油絵を制作。この作品を夢二は「アデユアメリカ」と名付けた。一〇月一〇日にハンブルグ上陸、その後ベルリン、プラハム　ウイーンなどを経由。一〇月七日にパリ着、

一二日間滞在して一一月二四日にリヨン工芸博物館でスケッチし、その後スイスを経てウイン再訪して滞在す。◎新聞・雑誌の作品二点あり

昭和八（一九三三）年　五〇歳

一月一〇日に再度ドイツに戻り、ベルリンに滞在する。二月一日〜六月二六日にナチス台頭下のベルリンでイッテン・シユーレ（天画塾）において日本画実技指導と講義「日本画についての概念」をなす。八月一九日にナポリから靖国丸で帰途につく。九月一八日に靖国丸は神戸着、帰国す。一一月三日から五日にかけて台北市明石町の警察会館で竹久夢二画伯渡欧作品展覧会開催。一一月下旬に欧米外遊、台湾行きの後の結核発病し富士見高原療養所で療養する。◎新聞・雑誌の作品六点あり。

昭和九（一九三四）年　五一歳

一月一九日に信州の富士見高原療養所に入院す。「令女界」（昭9・2）に夢二の「高原より」に

われ信濃へゆくとて、知れる人々打寄りて別れの歌をつくる。線といふ題なり。

青空にきびしき線を引く山を信濃へゆかば間なく吾が見む

とあり。続けて「令女界」（昭9・5）に「仰げば青空」「野は緑」あり。四月二〇日出版の長田幹彦の『祇園囃子』（「書窓」―夢二追悼特集号、昭11・8）に

君の死の直前に新小説社の島君の計らひで、僕は「祇園囃子」というものを装幀してもらつた、恐らくこれが最後の装幀であつたであらう

とあり、「体を異様にまげた舞妓のあの侘びしいポーズをみて、僕は不吉なことたが、君の死を予覚したのであつた」ともある。五月～七月にヘルペスの痛みのため絵筆執れず。八月に一時的に病状は回復す。八月一五日に望月百合子は富士見の夢二を見舞う（「思い出の人々―竹久夢二「婦人公論」昭49・4）。

九月一日の午前五時四〇分、結核のため死去、上諏訪の火葬場で荼毘に付された。九月二の「朝日新聞」に

竹久夢二画伯（夢二型の美人）で記憶されてゐる画家夢二竹久茂二郎氏は数年前から肺結核が昂進して、昨年末以来長野県富士見にある正木不如丘博士の高原療養所に入院してゐたが一日午前六時四十分遂に死去した行年五一。氏は岡山県の人、繊細な彩筆で一時はうたはれたが昭和六年米国を経て渡欧、フランス、ドイツに絵の旅を続けて昨年十

月帰朝したが、滞欧時代極度に切り詰めざるを得なかった生活の無理から帰朝したときは既に病勢が進んで居り、正木博士が昨年末からその療養所に引取つて孤独な氏のために一切の世話をしてゐたもの、現在夫人はなく昔氏がその工芸品などを売つてゐた「港屋」時代の夫人環さんの間に生まれた不二彦君（二五）君は画伯も非常に可愛がつてゐたが、現在は九州に居るらしいと

とあり。五日に麹町区麹町一〇丁目の心法寺にて葬儀、戒名は竹久亭夢生楽園居士。一〇月一九日に雑司ヶ谷墓地にて埋葬式、友人有島生馬の筆による「夢二を埋む」の墓碑が建てられた。一一月一日の「令女界」に「家（絶筆）」掲載された。長田幹彦著『祇園囃子』（装幀）。

一八　渡米を巡っての夢二日記

『夢二日記』（1～4）四冊は昭和六二年五月から一一月までに刊行され、編者長田幹雄、筑摩書房刊行である。「日記」の内容は、①は明治四〇年～大正四年、②は大正五年～七年、③は大正八年～昭和五年、④は昭和六年～九年までに分載されている。

夢二と久允との世界漫遊の企画は二人の合意による熱望から生まれたもので、そこには夢二の画壇への復帰を念願する久允の一途な思い入れから、二人は渡米した。このあたりの夢二はただ誘われて経済面の一切を久允任せであったので、気楽な思いで昭和六年五月七日に横浜から秩父丸に乗って久允と共に旅立った。日記にはその翌日の八日には

行く春やおもたき船の歩みかな

の一句ともう一首

かの人もこの子にも別れ惜しまなとおもひつつ見ずて別れ来にけり

とあるだけ。次の一二日には

よるふけて。

ふるさとをおもへば心おどらざり

とあるだけ、ハワイ着の一四日には「秩父丸」とあって六首と三句のみで

船はいまていぷを切りていづるなりわれも旅人の心地こそすれ

わが秩父われをおくりてほのるるにあすはつくべしはしる秩父はも

と歌い、ハワイ着の翌一五日には

どちらむいても　波ばかり

布哇は苦海の　まん中か

とあり、希望に満ちた世界漫遊へ向かう途上にあるはずだが明るい気ざしは全く見られない。五月一九日には

西洋の文化は前進する。日本の本流の芸術は後退す

と西洋に比べて日本の芸術の「後退」を憂いている。六月三日の桑港着までの五月の日記は簡単であるが、時折色々の感慨を端的にのべている。二四日には

日本はスランプに陥つてゐる。徒らに長打――軍□守備も打撃も振はない

と何となく当時の日本を揶揄しているようである。この船中で同行の久允のことは二五日に

¥295,65　日本金調べ、翁へあづけ分。

とあり、これは久允との船上での金銭の話のことであろうか。二八日には布哇から龍田丸で同船した二人のことを「伊藤道郎と語る。……」、「雪洲と語る。…」とあり、米国本土に着いた六月三日には

夕方、日米社長あびこ氏の晩さんに招かる。席に尾崎夫人、船長あり。

とあり、久允と共に招待された我孫子社長のことを、六月四日は「市内を歩く。五車堂にて(山へよする)外三冊もとむ」とあり。五日には

若いグループのパアテーへ招かれ若き夫人の手料理うまし。貧血起してベットへもぐり二時間ねむる。
六月六日には「Twin Peak へゆく。アメリカには自然なし　人工と人事のみ」「アメリカの旅の空でなつかしさとはつしさと仝時に感じます。これは道徳へのホームシックで、ありませうか。私は知りません」。「桑港　六月末」とあって
ゆゑわかず眠られぬ夜のつづくかなふんすここに蛙鳴なき居り
さにつらふ紅を付けたるシガレットモデル娘の今日は来ずめり
七月五日には「帰る路に熱風をうけ、貧血　やつと命をとりとめた思眠りつづけ」とあり。
日付なしの宛なしの書簡を抄出すると
幾度も書いたやうに私の旅はやはり失敗です。私の肉体はもはやこんな荒れ地を歩くに適してゐないのてす。……おそらく百二十度の炎暑です。私は自働車の中で貧血して油汗を流して苦しみました。まるで地獄の釜の中です。この日全米は何千人の死者があつたと言ひます。死は免かれたが私はもう元気を失つて、……芝生にねて、ままよ勝手に死ねとおもつてゐました。……私はいまだ日本の雑誌や新聞に約束した通信を一つも果してゐません。なんだかさういふ仕事がうるさいのです。過去にも未来にも望みを持た

なくなつたので……今主要なことは私は絵を画くといふことそれ自体に興味の全部をかけてゐた。……

ともあり、このアメリカの旅は「失敗」だといい、「何か得るためでも、あたへる旅でもなかつた」など様々な否定的な暗黒面のみを見ようとしている。

昭和六年の八月四日の夢二日記に

「小池のぢいさんにしても社長にしても翁君を信じ過ぎて、いきり立つたんですね、朝日の背景があると思ってゐたんてせう」

「モントレイへゆくよ」

「どうするつもりだ」

「君にしても僕にだまつてこの渦巻の中へ入つたからそんなことを言明しなくても好いやうだが、ただ君のために僕の方から身を引くのさ。

翁「君達は自分のためにストライキをやつてゐるんだ」

「そりや言ひ方が違つてゐるよ、自分の仕事と生活の援護のためだよ」

これらをみると前記してきた小池や我孫子社長のこと、「モントレイ」など日米新聞の労働争議渦中の会話である。八月二二日に「モントレイ」が再び出てくる。その後で翁との会話がある。

「このホスターデ翁の部屋代も　うすすみの金も出るだらう」

「もう払ってあるよ、分担でね」

「それであんたのは」

「めし代も未払さ」

○

「どうもゑかきは利用されるばかりで腹がたつね」

あとがき

夢二の「年譜」と「日記」を見てきて、夢二の超人的な活動ぶりと転居の頻繁、女性遍歴の多様性などが分かった。「世田谷文学館」記載の「年譜」には明治四〇年から年代毎に著名な文人らの著書に描いた夢二の扉絵、挿絵、口絵、装幀などが記されている。それらを見ると、明治四〇年前後から大正期にかけて夢二の絵は全盛であったことが分かる。画集の他に随筆、小説、短歌、詩、小唄もあり、多彩な芸術家だったことも分かる。また著名な文人や画家たちとの交流も頻繁で、夢二に関する追想や追悼文などさまざま残されているが、裏面的な人間関係は何処まで書かれているか分からない。これほど多くの自画展、そして著作、雑誌、新聞などの挿絵、画集、舞台背景の装幀など、多くのファンらもいて、「天才夢二」は自他共に認められていたことが分かる。

夢二画の愛好者だった翁久允は、余りにも落ちぶれた惨めな夢二の姿を目前にして、同情と哀愁の思いから、天才画家再現への熱意に燃えて「世界漫遊」を目指した。その費用は久允の「朝日新聞」の退職金と夢二画の売却金で果たす約束を二人は交していた。ところが旅立つ前の夢二展の費用は久允が立て替えていたが、その画展の入金は夢二がみな自らの借金や遊興費に使い果たしてしまった。この時、夢二の本性を見極めるべきであったが、それを安易に考え、追求もしなかったところに久允の甘さと曖昧さがあったと言えよう。

日本では誰もが知る夢二のことだが、移民地の人々の殆どは夢二のことを知らない。しかし永年在米していた久允の友人らの恩恵により、ハワイでも米本土に着いた直後でも非常な歓迎を受け、夢二の絵がよく売れた。米本土に着陸したばかりの頃の夢二は久允の指示通りせっせと描いていたが、次第に自分の絵が売れるのは絵に価値があるからだと思い込むようになり、夢二画展の入金は奪い、久允に全負担させるようになってきた。それは久允が「日米」の労働争議の仲裁に入って恩義ある我孫子社長を擁護したのを利用した夢二は、反我孫子側の労働者らに味方し、久允を誹謗して敵対視するようになった。そのため目指した二人の「世界漫遊」の夢は無残にも決裂せざるを得なかった。

こんな結末になったのは、天才夢二画への憧れから救済しようとした久允の純粋さと誠意を夢二は、そのまま受け入れているものとばかり信じ切って、夢二の心底を見抜けなかったところに久允の大きな落度があった。多くの友人や知人らが二人の「世界漫遊」を非常に案じていろいろと反対してくれたことを、もっと慎重に客観的に冷静に考えるべきだった。

前記した明治四三年の九月二〇日の「夢二日記」には「社会主義者」として巡査の検問をうけている夢二のことが記されている。これは大逆事件（明44・1）の前年のことで夢二は、その仲間としての嫌疑がかけられていたという事実があった。こうしたことも恐らく知る人ぞ知るであったろうが、久允は知ってか、知らずか、夢二の過去を全く考慮せず、ひたむきに復帰のみを念じ、夢二を一般的な常識人だと思い込み、ひたすら信じて「世界漫遊」の大きな夢を描き過ぎたと言えよう。

前記したことだが昭和六年八月四日の「夢二日記」で書いているように

ゑかきは利用されるばかりで腹がたつね

と言う夢二の一方的な思いこみこそが本心であったようで、久允に負担させるのが当然のようになってきたところに、反我孫子側の久允批判を真に受けて久允を罵倒するようなり、全くの反逆の立場になった。

それに加えて夢二は結核の病身だったから貧血は度々あったようで、夏だったので日記には「おそらく百二十度の炎暑」とか「地獄の釜の中」とも「アメリカの旅は失敗」だとかあって暗い面のみを書き残している。これらをみると夢二自身も心身ともに疲れ果てた不快な渡米の旅であったと思われる。前記の夢二日記にある日付不明書簡にも「私の旅はやはり失敗」とか「私は自働車の中で貧血して油汗を流して苦しみました」とか「私はもう元気を失つて」とも書いて、肉体的にも既に病魔が全身を廻っていたのであろう。そのため帰国した年の翌九年に結核再発で逝去する。

久允の夢二に対する一途な思いは、結果的に反我孫子派となった夢二にとって、もはや久允の存在は不必要になっていたのであろう。久允は懸命だったが、夢二にしてみれば、何の価値もなかったのであろう。

いつ頃のことであったろうか、いま想い返すと、夢二の次男の不二彦さんに、ある会で初めてお目にかかった時、同席の福田清人先生が

「この人は翁久允さんの娘さんだ」

と紹介された。驚いた私は不二彦さんを思わず見上げた。すると彼は深々と頭を下げられてから

「父が大変ご迷惑をかけて誠に申しわけございませんでした」

とおっしゃるお言葉に恐縮した私は返す言葉も見当たらず、ただただ頭をさげていた。その時、何をお話したか全く記憶にないが、あの時の雰囲気が何となく想い出されてくる。確かに

「また是非会いましょう」

とお互いに言葉を交わしながら、会うこともなく今日に至っている。

この方は父君の夢二氏の最愛のお子で、何処へでも連れて行ったと伝えられている。父久允との渡米のことをどのように聞いていたものか、分からない。この謝罪のお言葉に私は深く感動したことも事実だった。これまで書いてきた夢二と父のことは私の心の中で懐しい物語として今もなお生き続けているように思われる。また父が夢二を伴わず、一人で自ら求める新しい資料の多くを得るために世界漫遊の旅を果たし得たならば……と瞑想してみると楽しくなってくる。父の一生がいま走馬灯のように私の心の中をかけめぐって母の姿と共にさまざまに想い出されてくる。

二〇一六年三月

逸見久美

晩年の翁久允

久允宛の著名人の書簡

今井邦子

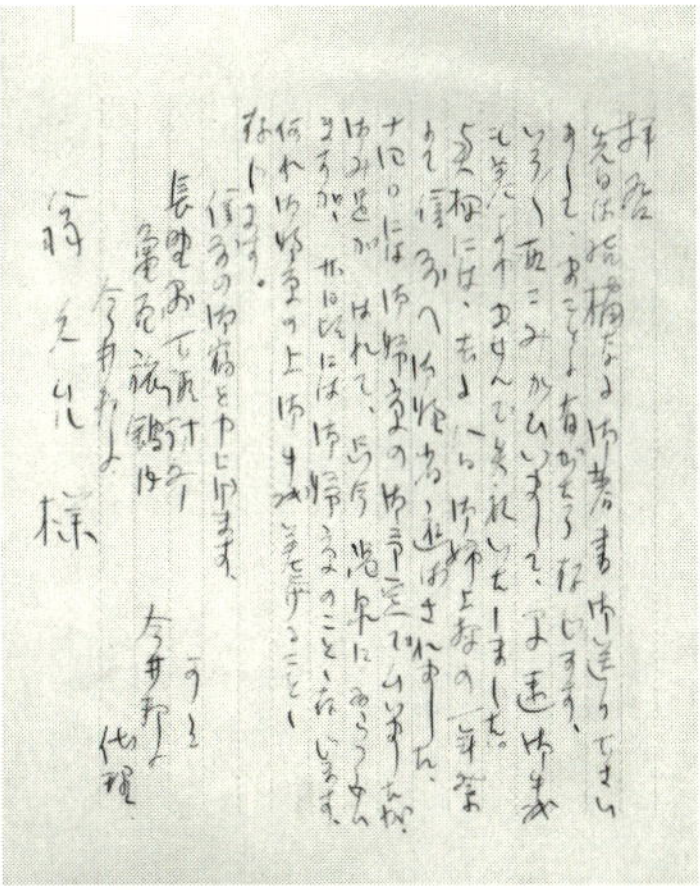

三木露風

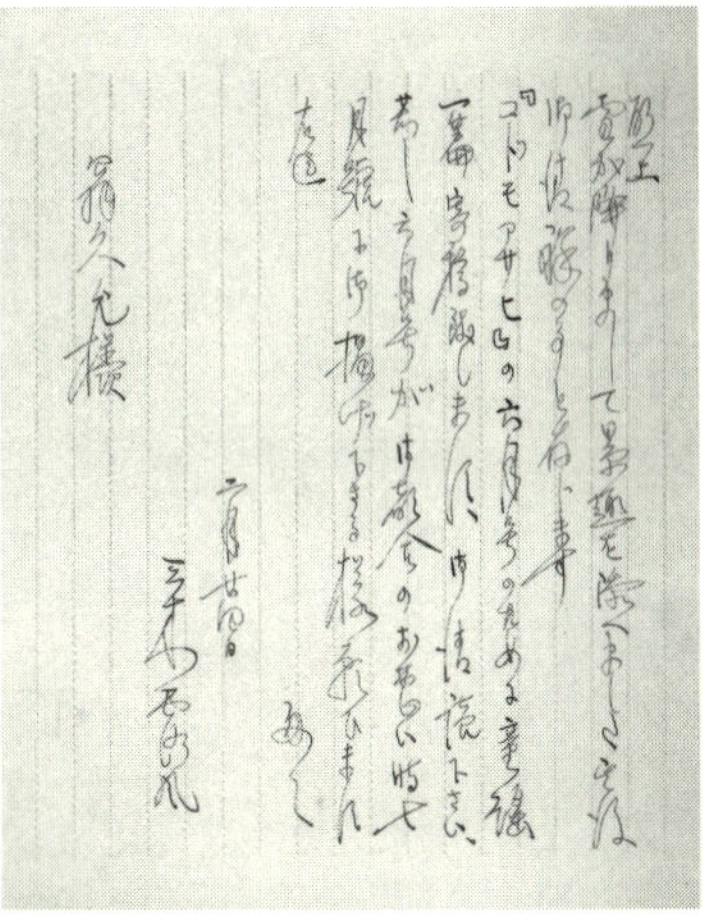

宇野千代

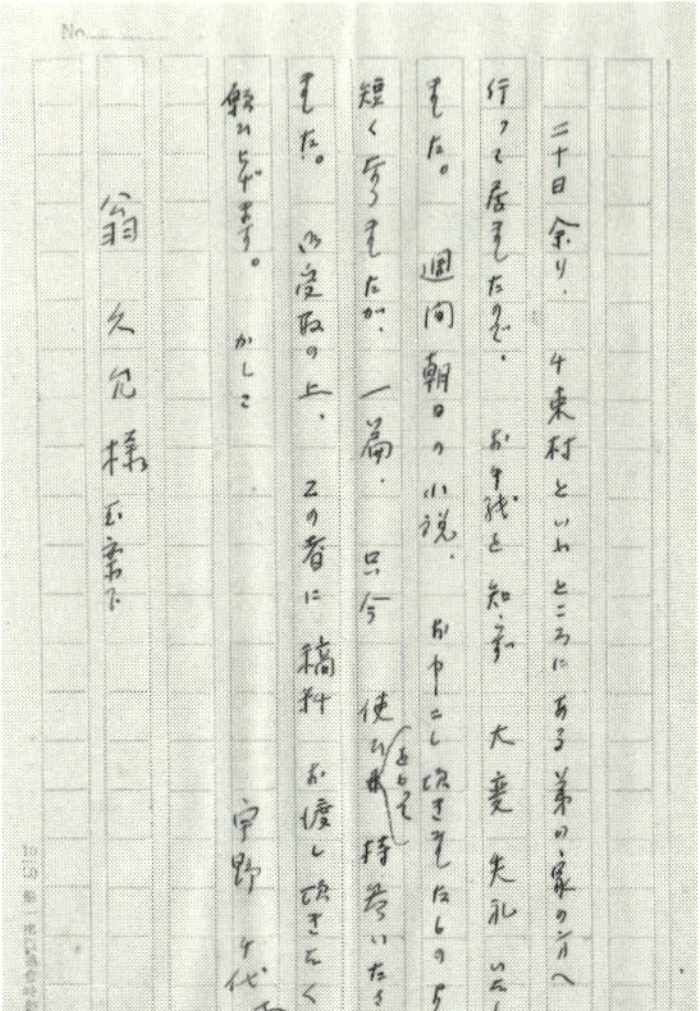

高村光太郎

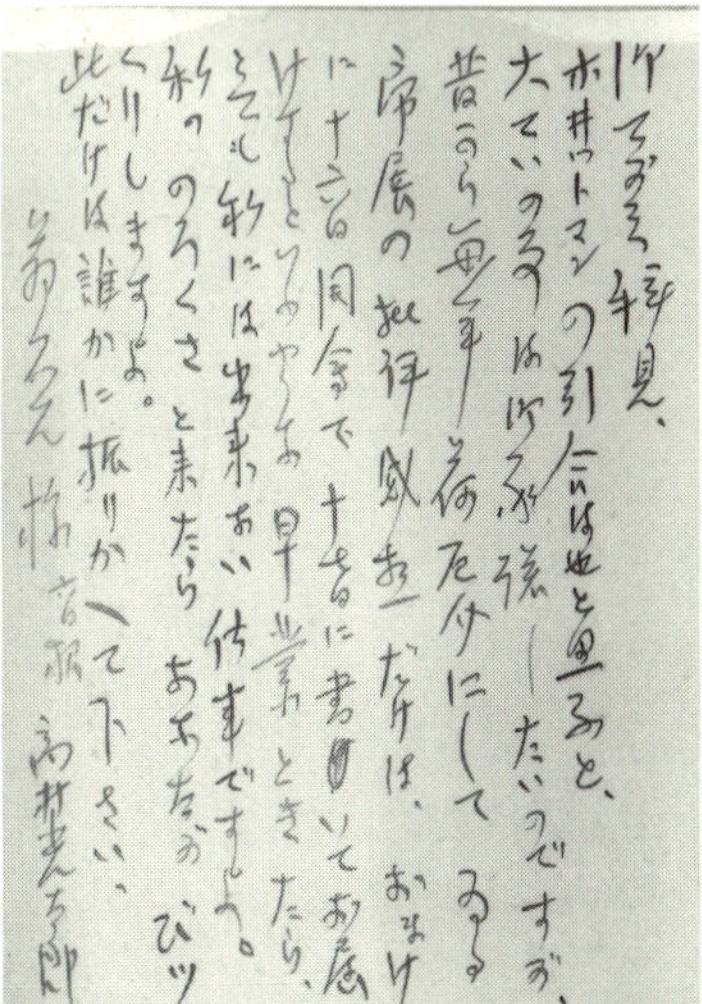

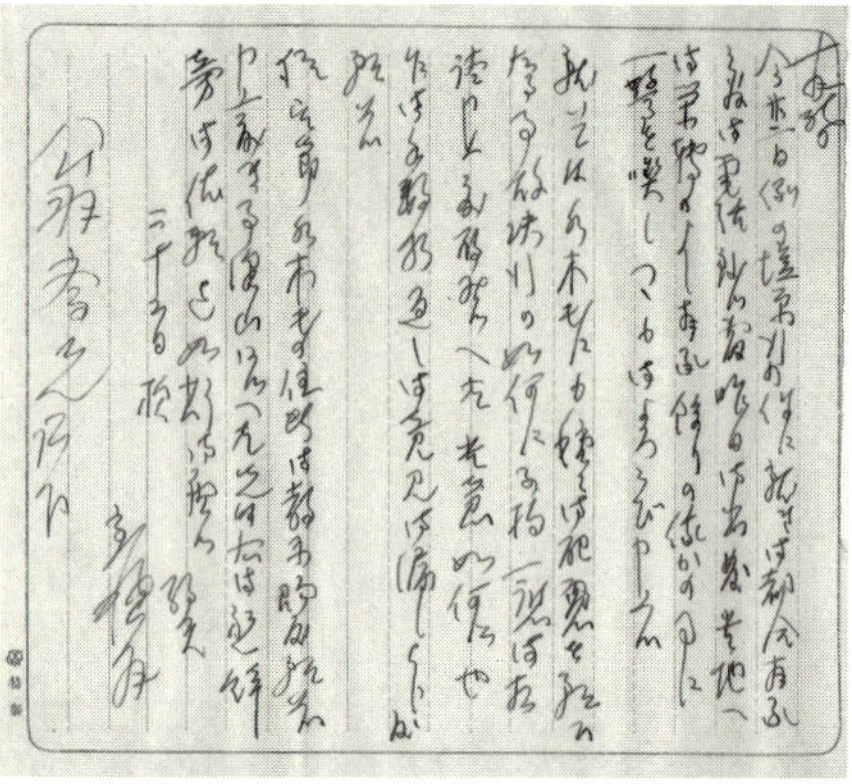

室積徂春

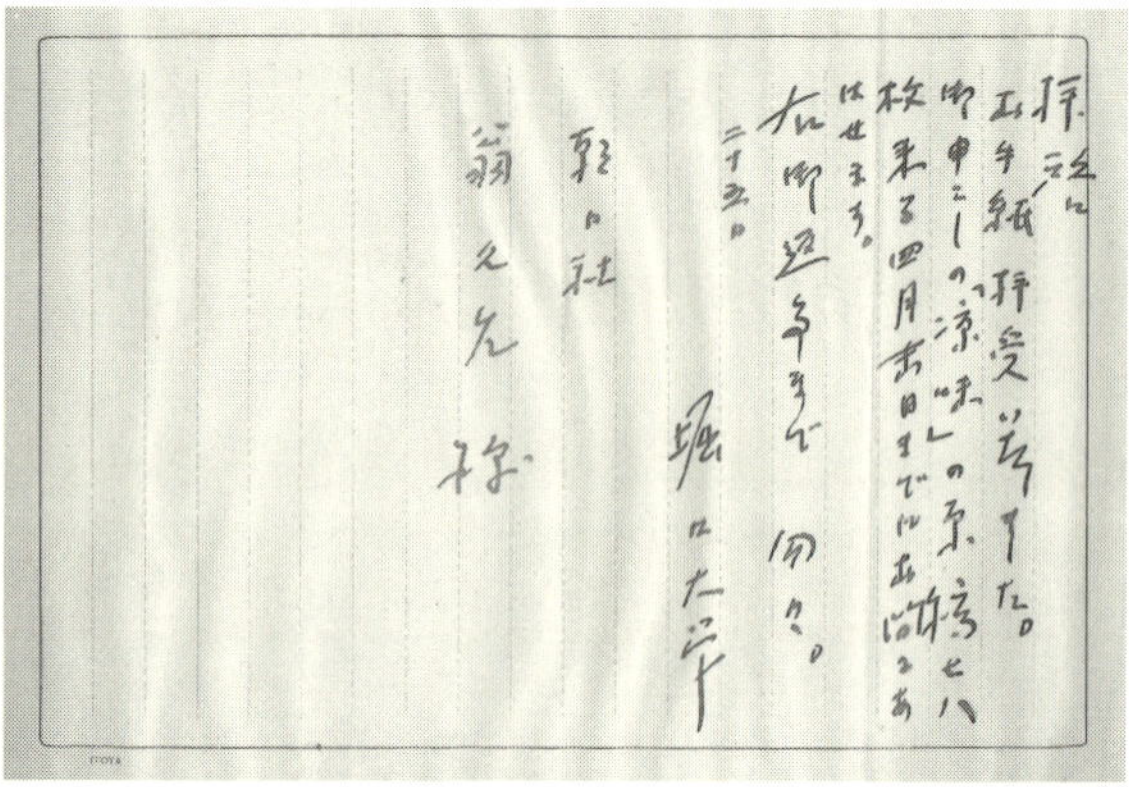

拝啓
お手紙拝受いたしました。
御申こしの「涼味」の原稿七八
枚来る四月廿日までにお届け致さ
せます。
右御返事まで　匆々。
二十三日
堀口大學
東京社
翁久允様

堀口大學

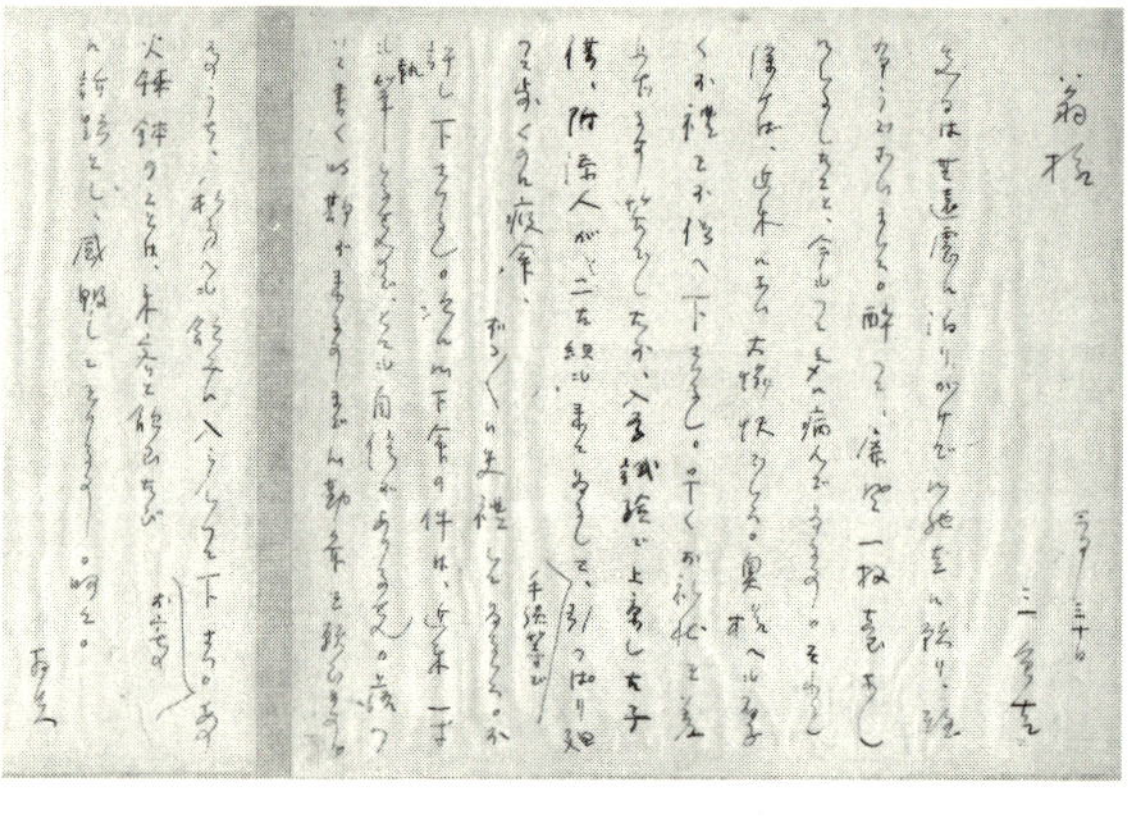

鈴木三重吉

吉屋信子

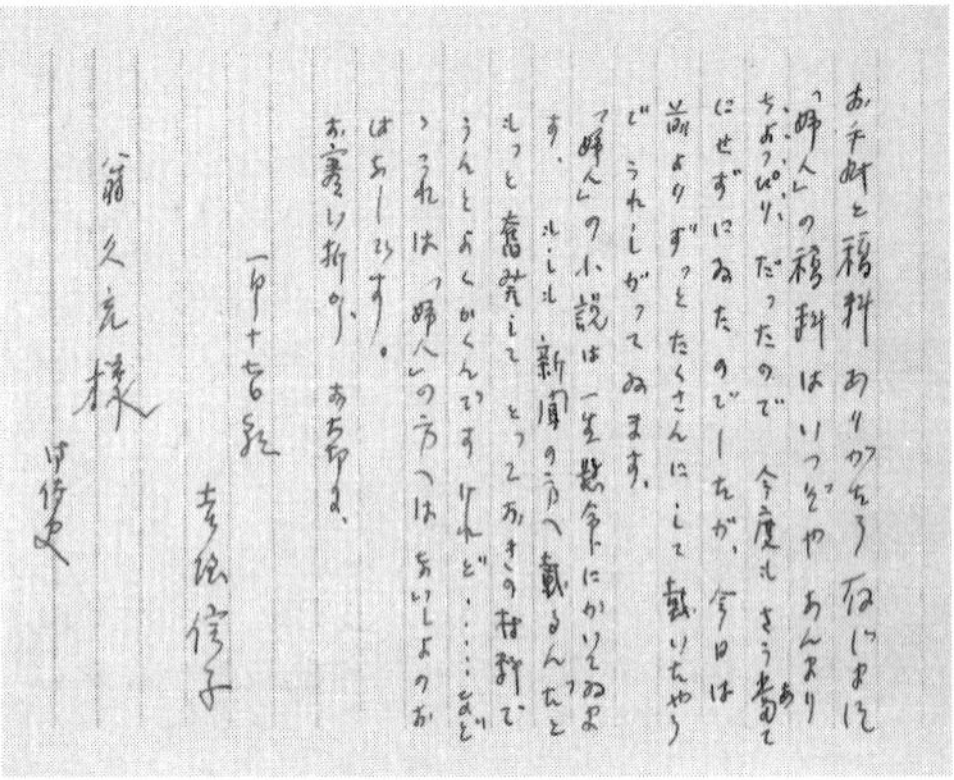
お手紙と稿料ありがたう存じました
「婦人」の稿料はいつもやあんまり
ちよっぴりだったので 今度もさう当てにせずにゐたのでしたが、今日は
前よりずっとたくさんにして戴けちやうでうれしがってゐます。
「婦人」の小説は一生懸命にかいてゐます。
うんとよくかくんですけれど・・・・などと
これは「婦人」の方へは申しようかと思ひます。
お寒い折から お大切に、
十月十七日 吉屋信子
翁久允様 御侍史

横光利一

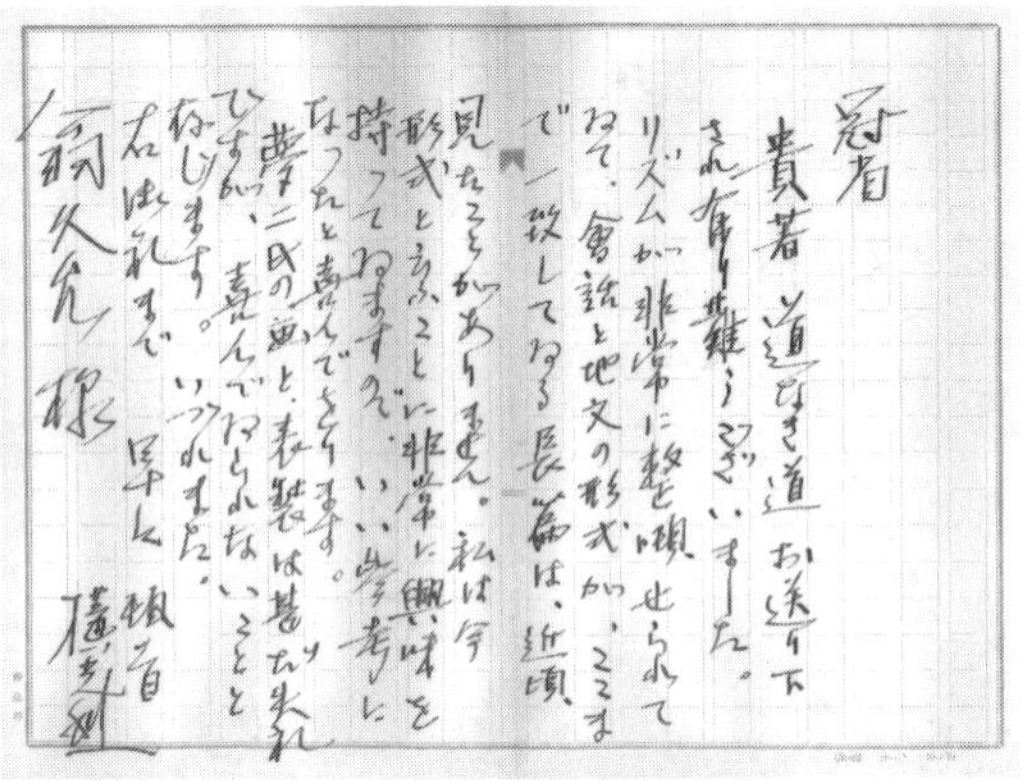
冠省
貴著 道なき道 お送り下され有難うございました。リズムが非常に整頓せられてゐて、会話と地文の形式がここまで一致してゐる長篇は、近頃見たことがありません。私は今形式といふことに非常に興味を持ってゐますので、いい参考になったと喜んでをります。夢二氏の画と、表装は甚だ失礼ですが、喜んでゐられないことと存じます。右御礼まで いづれまた。
早々頓首
横光利一
翁久允様

吉井　勇

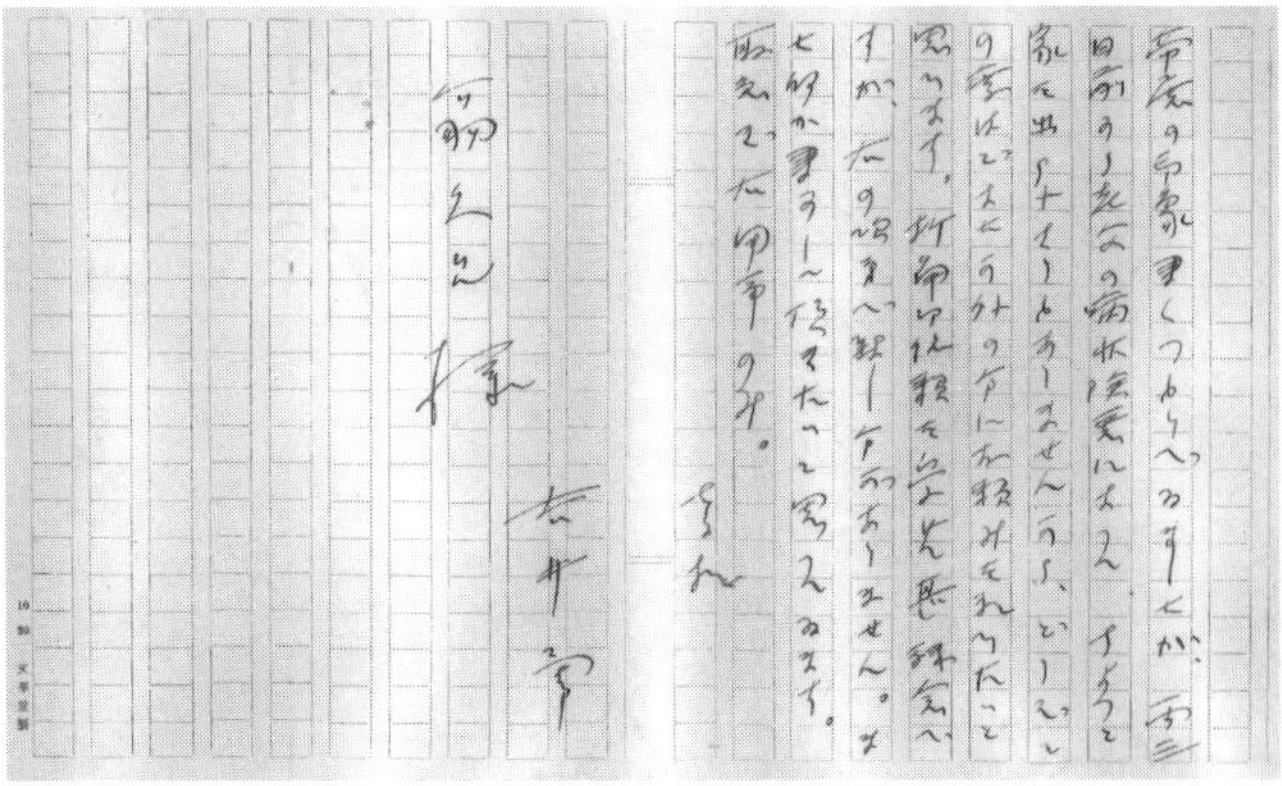
翁久允様
吉井勇

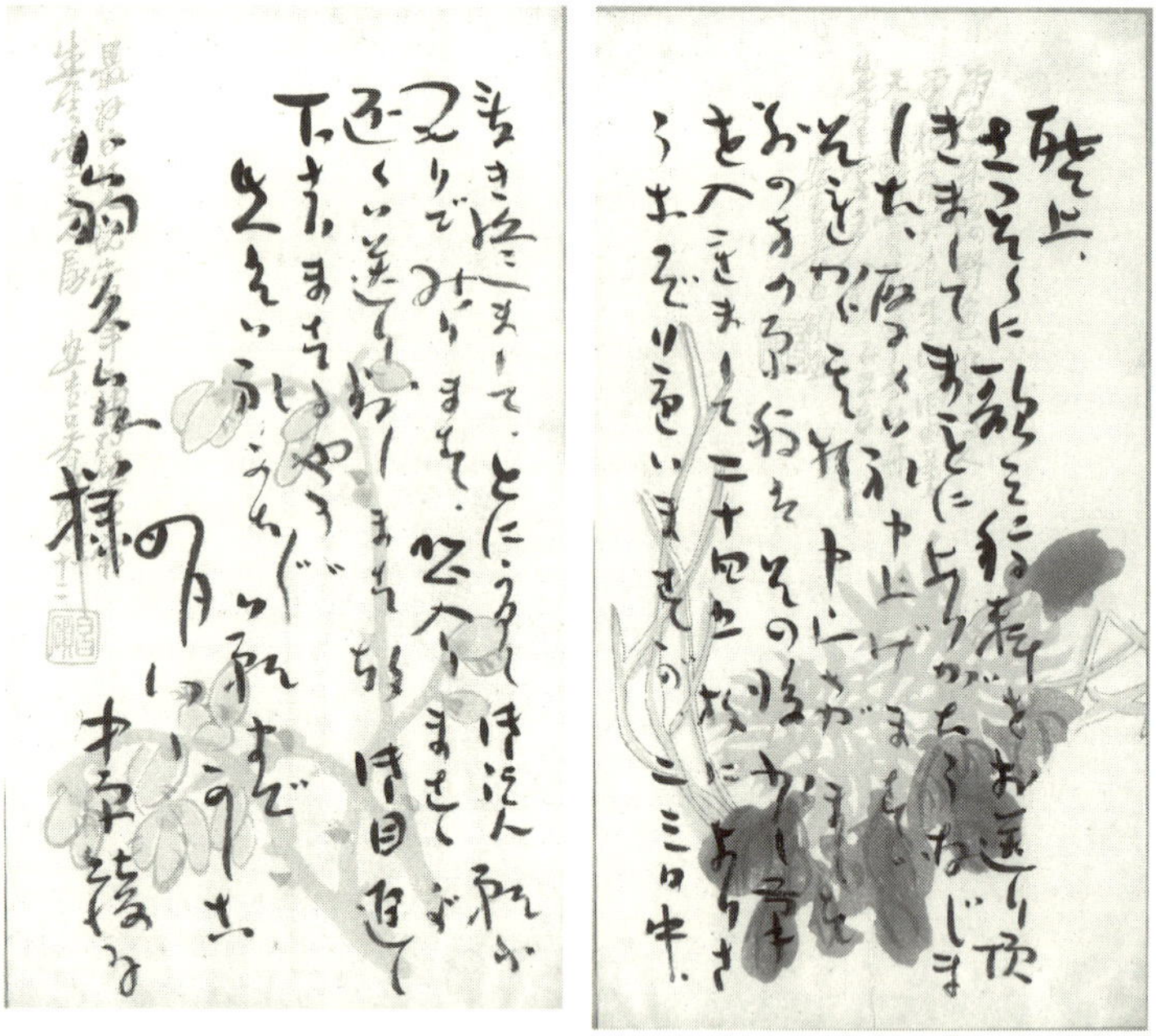

中原綾子

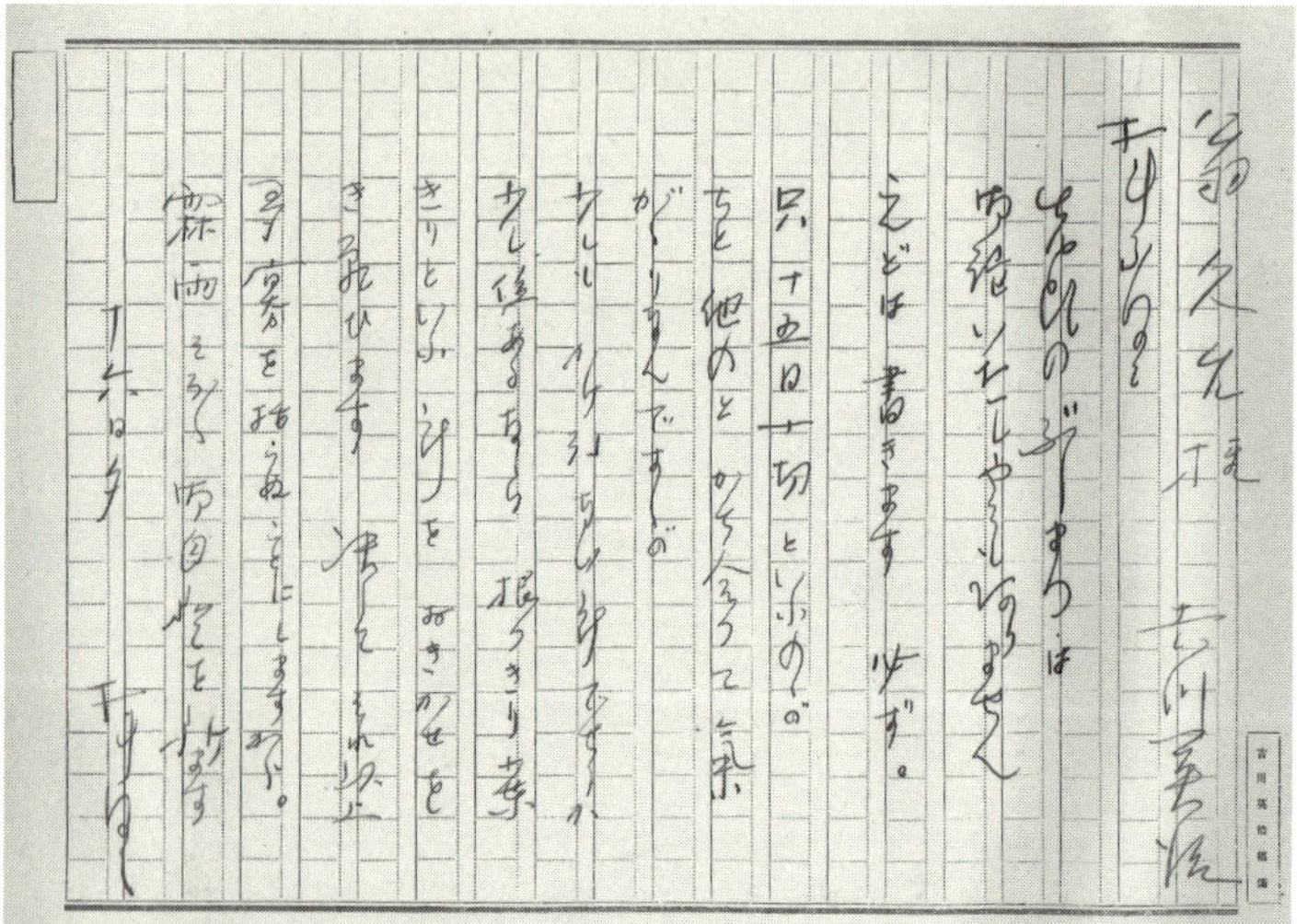

吉川英治

著者略歴

逸見久美（いつみ　くみ）

早稲田大学文学部国文科卒業、同大学院修了
実践女子大学日本文学研究科博士課程修了
1975年3月『評伝与謝野鉄幹晶子』により文学博士号の学位取得
女子聖学院短期大学教授、徳島文理大学教授、聖徳大学教授を歴任

【著書】『評伝与謝野鉄幹晶子』（1975年、八木書店）『みだれ髪全釈』（1978年、桜楓社）『紫全釈』（1985年、八木書店）『小扇全釈』（1988年、八木書店）『夢之華全釈』（1994年、八木書店）『新みだれ髪全釈』（1996年、八木書店）『舞姫全釈』（1999年、短歌新聞社）『鴉と雨全釈』（2000年、短歌新聞社）『新版 評伝与謝野寛晶子』（明治篇2007年、大正篇2009年、昭和篇2012年、八木書店）『恋衣全釈』（2008年、風間書房）【編纂】『翁久允全集』全10巻（1974年、翁久允全集刊行会）『与謝野晶子全集』全20巻（1981年、講談社）『天眠文庫蔵 与謝野寛晶子書簡集』（植田安也子共編、1983年、八木書店）『与謝野寛晶子書簡集成』全4巻（2001～3年、八木書店）『鉄幹晶子全集』全40巻（勉誠出版、2001年より刊行中）【随想】『わが父翁久允』（1978年、オリジン出版センター）『翁久允と移民社会』（2002年、勉誠出版）『回想 与謝野寛晶子研究』（2006年、勉誠出版）『資料 翁久允と移民社会(1)『移植樹』』（2007年、大空社）

夢二と久允
――二人の渡米とその明暗――

二〇一六年四月三〇日　初版第一刷発行

著者　逸見久美
発行者　風間敬子
発行所　株式会社　風間書房
101-0051　東京都千代田区神田神保町一―三四
電話　〇三―三二九一―五七二九
FAX　〇三―三二九一―五七五七
振替　〇〇一一〇―五―一八五三

印刷　堀江制作・平河工業社
製本　井上製本所

NDC分類：914.6
ISBN978-4-7599-2134-2　Printed in Japan